DESEJO DE LIBERDADE

Adalberto Luiz

Quixote + Do

Aos meus irmãos, companheiros na caminhada

À Vitória Bahia, pelo incentivo

Para Fernanda, filha querida

Ao Leonardo que acabou de chegar

Ao bando dos cativos se acrescentam muitos pretos já livres e
outros homens da raça do país e da europeia,
que, diz o grande chefe, são vadios
que perturbam dos povos o sossego.
Estes tristes, mal chegam, são julgados pelo benigno chefe a cem açoutes.
Tu sabes, Doroteu, que as leis do reino
só mandam que se açoutem com a sola
aqueles agressores que estiverem,
nos crimes, quase iguais aos réus de morte.

Cartas Chilenas – III
Critilo

Amplas casas. Longos muros.
Vida de sombras inquietas.
Pelos cantos das alcovas,
histerias de donzelas.
Lamparinas, oratórios,
bálsamos, pílulas, rezas.
Orgulhosos sobrenomes.
Intricada parentela.
No batuque das mulatas,
a prosápia degenera:
pelas portas dos fidalgos,
na lã das noites secretas,
meninos recém-nascidos
como mendigos esperam.
Bastardias. Desavenças.
Emboscadas pela treva.
Sesmarias. Salteadores.
Emaranhadas invejas.
O clero. A nobreza. O povo.
E as ideias.

Romanceiro da Inconfidência – Das ideias
Cecília Meireles

Barbeiro, Cabellereiro,
Sangrador, Dentista, è Deitão
Bixas.

Século veio e se foi
a sanha doida da pedra acabou
ouro mineiro cessou
diamante mineiro também se apagou.
Vagueia agora na estrada
na sombra da noite azulada
história partida e passada
que o tempo teima em guardar.

Celso Adolfo

Prefácio

Em Minas Gerais, uma sociedade predominantemente patriarcal, conservadora e com grande devoção religiosa, especificamente entre os séculos XVIII e XIX, homens idealizadores eram contra a dependência de Portugal e buscavam a libertação da província, mesmo com o ouro quase exaurido.

As riquezas minerais, constantemente levadas para a Europa, e os elevados impostos incentivavam o aumento dos conflitos e lutas sociais contra a Coroa. No entanto, o poder governamental, aliado aos grandes produtores e negociantes locais, abafava o desejo de liberdade.

Quase na virada do século XVIII para o XIX morreram Tiradentes e, em seguida, Chica da Silva, dois personagens marcantes na província mineira. Em 1808, a família Real desembarcou no Brasil, fugindo de Napoleão Bonaparte. E foi fundado o Reino Unido de Portugal, Brasil e Algarves, mas a dependência completa dos portugueses não cessou.

Nesta ficção, com levantes quilombolas e rebeliões espalhadas pelo país num clima de hostilidade contra a Coroa, o sobrinho de Tiradentes, Diego Américo Xavier, também oficial da cavalaria, resolveu terminar o que o tio começou. Parte dos habitantes da província ajudou ou prometeu ajudar o militar no embate armado contra o governo, com o objetivo de declarar Minas Gerais uma república. Entre lutas, suor e sangue, Diego irá perseguir seu ideal e decidir o futuro de um grande amor.

Nasce Diego Américo

Madrugada de outono. Em sua chácara, Maria Margarida ferve a água no fogão. “Precisa buscar lenha”, grita para Antônio Américo da Silva Xavier, seu marido. As lamparinas de azeite clareiam o que resta da noite. Os negros se preparam para a lida nas fazendas, em um dia que promete sol escaldante. Os homens forros trabalhavam na lavoura para concluir o pagamento de sua liberdade. São gratos aos patrões; pagam a liberdade com a peleja na colheita, principalmente a do milho. São homens livres que se misturam aos escravos. Nem todos conseguem a alforria e esperam que, um dia, o Império os liberte.

Maria Margarida Campos Américo Xavier entrou em trabalho de parto. A parteira ferveu mais água. Panos e mais panos são colocados à beira da cama. Antônio, suas irmãs, vizinhos e o padre da paróquia, tensos na grande sala. Alguns escravos se aglomeraram na varanda do casarão. O marido se ajoelhou no pequeno altar de Nossa Senhora da Conceição e pediu por um menino; “se Deus permitir”, completou.

O sol não apareceu. Como capricho da natureza, a neblina encobriu a chácara de Antônio Américo, na região próxima à Vila Rica. A vila também ficou na penumbra. Na capital do Império,

Rio de Janeiro, O alferes Joaquim José da Silva Xavier subiu no cadafalso, em praça pública, prestes a ser enforcado pelo crime de traição à Coroa portuguesa. O reino não perdoou o levante dos inconfidentes mineiros. E Joaquim, com o laço no pescoço, permaneceu quieto à espera da história.

Silêncio profundo. Um grito ao longe de uma gaivota, e o alferes, enfim, respirou liberdade. A plateia, que antes reclamava dos altos impostos cobrados por Portugal, aplaudiu a execução. "O povo sempre fica ao lado dos opressores", comentou um transeunte, logo se afastando.

Prestes a completar três anos preso na fortaleza da Ilha das Cobras, no Rio de Janeiro, em abril de 1792, morreu Tiradentes, nome com o qual ficou conhecido em Minas Gerais. "Venceu o totalitarismo, a opressão. Venceu o poder das armas e do dinheiro. Inconfidentes, assim denunciados, sofreram torturas físicas e mentais. Mas a vontade por mudanças enraizou nas margens dos caminhos por onde andou. O desejo por liberdade não morreu", vociferou Antônio Américo ao ouvir do seu cunhado a confirmação de que seu irmão iria ser enforcado naquele dia.

Na chácara dos Américo nasceu Diego, que se tornaria capitão, seguindo a história do seu tio, o alferes Joaquim. Assim dizia o baralho cigano: "Irá liderar uma revolução, mesmo contrariando seus pais. Mas não será um mártir".

Antônio nunca aprovou o envolvimento de seu irmão mais novo na conjuração. Mas seu filho Diego tinha a revolta dos injustiçados correndo na veia. Iria estudar no Rio de Janeiro e fazer a escola militar. Ainda muito jovem, formou-se e logo ganhou a patente de capitão. Voltou para Minas Gerais e foi comandar um destacamento da Cavalaria dos Dragões Reais em Sete Lagoas. No entanto, seria em Vila Rica, sede da capitania, que seu destino seria selado.

Vila Rica começa a despertar. Trovões rompem a silenciosa madrugada, e relâmpagos mostram as encostas do povoado. O dia não tardará, ainda que preguiçoso, encoberto pela grossa chuva misturada a uma espessa neblina.

Dois cavaleiros, Diego e Vasques, seguem o caminho que vai dar no Tejuco, distrito dos diamantes, situado ao norte da capitania mineira. Enfrentam a estrada de chão batido, entremeando lamaçal, atoleiros e pedras miúdas, que fazem os animais testarem seus músculos e patas.

A estrada para o Tejuco tinha trechos sinuosos, ora com picos elevados, ora com vales e riachos límpidos onde os cavalos descansavam e os homens tiravam seus cochilos. A noite é traiçoeira, embora não tenha muitos assaltos como nas trilhas da Mantiqueira, no sul da província de Minas. No sertão a caminhada é sempre recheada de surpresas, às vezes pelo vulto de algum animal, ou por barulhos vindos das matas e das sinistras grutas. "São as almas de viajantes perdidos, gente do mal", repetiam os sertanejos que corriam esse trecho da estrada, principalmente nas proximidades de Vila do Príncipe, indo na direção de Milho Verde. "Histórias de assombração, não acredito", respondia Diego ao ser perguntado pelo amigo, companheiro de viagem, tenente Vasques Aquino.

Vasques chegou havia dois anos de Portugal. Nascido na região do rio Douro, onde sua família possuía vasta plantação de uvas e produzia um bom vinho, assim que completou a maior idade foi para Lisboa e ingressou na escola militar; logo se formou e veio para o Brasil servir na guarda pessoal do imperador. Viajou no navio da tropa que escoltou dona Maria I e d. João, que estavam fugindo do implacável Napoleão Bonaparte. A família de Vasques nunca o perdoou por ter deixado Portugal.

O tenente Vasques Aquino pediu transferência para servir no quartel dos Dragões, em Vila Rica, onde conheceu o capitão Diego Américo e se tornaram grandes amigos, viajando pela capitania de Minas, no combate ao garimpo clandestino. O oficial português, embora experiente na carreira militar, apoiava o jovem companheiro nas suas ideias de libertação. A dupla acompanhava os fiscais do governo na cobrança dos dízimos dos fazendeiros e de todos que produziam algum bem na província. Os militares sabiam das injustiças que os mineiros sofriam, da intolerância e da opressão dos portugueses. Viam as riquezas da província escorrerem para os portos do Rio de Janeiro e de lá seguirem rumo à Europa. Os dois amigos se angustiavam com essa situação vivida em Minas e no país. O povo precisava reagir, e a insurgência contra a ordem e as autoridades era urgente. Dessas viagens, revoltas e conversas, começava a nascer um líder: Capitão Diego Américo Xavier, que escolheu o arraial do Tejuco como sede do movimento, por ser um povoado próspero e longe da influência de Vila Rica. Além de contar com um remanescente da Conjuração Mineira, o padre Rolim.

O movimento necessitava de aliados financeiros, pessoas com relativo poder econômico, para a compra de armamentos e alimentos para estocar. Precisava contar com gente influente nas comunidades, pessoas confiáveis, e o clero era bem-vindo. Uma dessas pessoas estava exilada em Portugal: Padre José da Silva e Oliveira Rolim. O religioso, companheiro de Tiradentes, cumpria pena condenatória de doze anos, provisoriamente no presídio da Barra, em Lisboa. Em pouco tempo, devido à sua condição de sacerdote, foi transferido para o Mosteiro de São Bento. Mesmo banido, o padre mantinha contato com o Tejuco. Possuía lavras e propriedades no arraial. Falava sobre sua amiga Chica da Silva e se entristeceu ao saber de sua morte muito tempo depois.

Padre Rolim cumpriu seu degredo e retornou para Minas Gerais, exatamente ao Tejuco. Entretanto, alguma coisa tinha mudado no comportamento do sacerdote. Em Lisboa, dava sinais de que apoiava o levante na província, mas, na sua volta, não demostrou nenhum interesse em se encontrar com o grupo rebelde. "Deseja tão somente desfrutar de sua riqueza", era o que se ouvia nas tabernas do arraial.

Chica – a mulher que manda

O velho ateu Ignácio pegou a garrucha de dois canos em cima do armário e saiu pela porta dos fundos do casebre. Antes, tomou um gole de café, comeu um pedaço de broa e beijou sua companheira Inocência Fernandes. A mulher preparou a matula do marido: carne de porco, feijão cozido, farinha de mandioca e um pouco de arroz. Ele colocou seus pertences no saco e amarrou na sela do animal. Partiu.

Inocência foi uma das primeiras negras alforriadas da fazenda Campelo, cujo proprietário, coronel Murta, era um entusiasta da causa abolicionista, ainda no seu nascedouro. O coronel era um dos maiores mineradores do arraial de Santa Luzia; um dos poucos proprietários, na região, a tratar seus serviçais com dignidade.

Ignácio arreou o burro que ganhou na quermesse da paróquia do frei Lineu. O religioso, pelo menos duas vezes ao ano, realizava uma rifa em benefício da igreja principal do povoado. Dizia que sua atitude era para "angariar" fiéis; na verdade, havia um burburinho na vila, dando conta de que o frei doava a maior parte da arrecadação para um orfanato; e a comunidade fechava os olhos, embora muitos entendessem que o dinheiro deveria ficar apenas para a paróquia. Lineu não se importava com as fofocas. O povo dizia que ele tinha um filho no tal orfanato agraciado com as doações. “Não ligo. É conversa do capeta”, respondia com certa impaciência.

Ignácio seguia todas as manhãs, por volta das cinco horas, para o Recolhimento de Nossa Senhora da Conceição das Macaúbas, onde trabalhava como jardineiro. Cuidava das roseiras e fazia pequenos consertos no casarão. As moças, com belos dotes, viviam no regime de internato, com regras bastante rígidas, sempre em consonância com as famílias, geralmente abastadas.

O jardineiro, na sua viagem, parava em frente ao oratório na beira da estrada, descia do animal e bebia água da bica, que jorrava transparente do alto da rocha. Ajoelhava-se e pedia à Santa Luzia um milagre: que sua esposa se engravidasse “com saúde!”, exclamava, finalizando a oração. Montava novamente no animal e seguia o trecho até Macaúbas, sem, antes, falar em voz alta: “Sou ateu! Faço isso pela minha mulher, devota da Santa”.

No mosteiro, onde passou a trabalhar logo que ganhou a liberdade, também cuidava do pomar, com o português José Freitas. “Ô seu Preto, traga as ferramentas, que o dia não espera”, falava José todas as manhãs, como se a principal função do jardineiro fosse cuidar das frutas. Mas o negro não discutia; aprendera o bem-vindo silêncio, quando ainda não tinha o título da alforria.

O recolhimento feminino de Macaúbas abrigava, preferencialmente, as moças da elite mineira. Famílias interessadas de outras capitanias também tinham as filhas acolhidas no internato, desde que fizessem uma generosa doação. As freiras viviam de doações particulares, e o governo de Minas não fazia contribuições, "embora tivesse parente usufruindo da hospedagem", diziam alguns empregados do estabelecimento.

O desembargador José Fernandes de Oliveira, que chegou ao arraial do Tejuco para exercer a função de contratador de diamantes, comprou a escrava Chica da Silva, em 1753. Um ano depois, José Fernandes lhe concedeu a alforria, e Chica se tornou, aos olhos da sociedade, sua companheira. Após o nascimento do seu primeiro filho, a ex-escrava passou a se chamar Francisca da Silva Oliveira, incorporando o sobrenome do agora marido, sem, contudo, haver registro público do casamento.

Chica da Silva herdou parte da riqueza do contratador. As filhas do casal passaram parte da juventude internadas em Macaúbas, recebendo visitas periódicas dos pais. José Fernandes mandou construir, a mando da esposa, no mesmo terreno do mosteiro, uma casa de hóspedes com todo o conforto possível para abrigar a sua família durante os dias de visita, por ser muito cansativa a viagem do Tejuco ao arraial de Santa Luzia.

Durante uma manhã de chuva fina, pela janela da casa de hóspedes, Chica se encantou ao ver o velho ateu Ignácio cuidando das roseiras no jardim. "Que dedicação!", exclamou. "Mande chamá-lo!" Sua criada saiu imediatamente atrás do homem.

— Como o senhor se chama? - perguntou Chica.

— Ignácio, às suas ordens.

— Pois bem, estou precisando de um bom jardineiro em minha casa no Tejuco. Como não posso comprá-lo, por ser negro forro, conforme me informei com as freiras, vou contratar os seus serviços.

O pobre homem tentou explicar àquela poderosa negra (pois as histórias de que ninguém poderia contrariá-la corriam em Minas) que tinha esposa, uma pequena criação de porcos, também uma plantação de milho e por tudo isso não poderia se ausentar de Santa Luzia. Além do mais, sua esposa tinha doença nas juntas e limitações para tratar a terra... Foi interrompido por Chica, quando João Fernandes entrava no recinto.

— Preciso do seu serviço, não vi outro por aí em quem eu possa confiar as minhas plantas. Faço o seguinte: compro suas terras, seus animais, e sua esposa poderá ir para o Tejuco. Ainda vou lhe pagar pelo serviço. O senhor não acha justo?

Sem palavras para contra-argumentar, o simples homem disse sim. Pediu apenas um tempo para ajeitar as coisas com a mulher. Duas semanas, pode ser?

— Sim. Acerte com o meu marido o valor justo para as terras.

— Chica, meu amor, não conheço o patrimônio desse senhor, como vou pagar? – retrucou João Fernandes.

— Você é o melhor contratador de Minas Gerais. Saberá resolver esse problema – respondeu Chica.

— Só mais uma coisa, dona Chica, se eu mudar de ideia, como faço para lhe avisar? – perguntou Ignácio.

— Olha, moço, eu preciso de um jardineiro. Escolhi o senhor. Se recusar o convite, farei o seguinte: pedirei às freiras que não lhe empreguem mais. Posso fazer isso pela sua desfeita, se vier a acontecer, é claro. Não farei por maldade, mas por desaforo. Isto não admito! Então eu posso esperar o senhor daqui a duas semanas? Afinal, o senhor nunca ouviu a frase: "A Chica que manda"?

Como ninguém podia contrariar a negra, na data acertada o velho ateu chegou ao Tejuco. Na entrada do casarão foi surpreendido pela proprietária.

— Bem-vindo! Qual o seu santo preferido, aquele que cuida da sua vida, que te protege? - indagou Chica.

— O meu Deus é a natureza. Por isso amo as plantas - respondeu o jardineiro, um pouco inibido.

— Escuta: vá procurar a Irmandade de Nossa Senhora do Rosário. A igreja é dos pretos. Na matriz, localizada na rua direita, você não pode entrar... mas eu entro. Sabe por quê? Eu pago. Faço grandes doações para o bispado. É assim que funciona, moço.

Na saída, com suas escravas domésticas, Chica gritou: "E sua mulher? Deixou você vir?", mas não ouviu a resposta. Ignácio falou baixinho: "Foi difícil. Brigamos muito. Ela não aceitou a minha partida e disse que não precisaria voltar para buscá-la, pois não iria viajar".

— Ninguém pode contrariar aquela megera. Todos dizem que ela é má e toma marido. Eu não vou! Fica com ela, dizem também que é muito boa debaixo do cobertor - completou Inocência, muito nervosa.

Ignácio pediu para o cunhado levar a esposa para sua casa e ficar com os animais. João Fernandes iria mandar, em breve, um representante para ver a propriedade. "Os animais ele não quer. Volto daqui uns trinta dias para levar minha mulher", disse, montando no burro, para iniciar uma longa jornada até as terras dos diamantes.

Mas o escolhido de Chica da Silva não retornou para buscar Inocência. Mais tarde, soube que ela retornara para a região do rio Jequitinhonha, onde moravam seus parentes. O velho ateu, chamado assim pelos cabelos precocemente brancos e por ser descrente dos dogmas religiosos, jardineiro da poderosa Rainha dos Pretos, como era conhecida, arrumou outra mulher, uma das negras que pertenciam à Chica da Silva. Teve um filho, único, chamado Aparecido, que entrou para o grupo dos escravos forros que trabalhava para João Fernandes. Este, por sua vez, pressionado pelo reino português por fazer certas trapaças com o recolhimento de impostos, em 1770 teve que viajar à Portugal para prestar contas de suas atividades no distrito diamantino. Não retornou ao Brasil. Faleceu em 1779.

Por volta de 1789, quando começaram as prisões dos conjurados, Chica se preocupou em proteger sua família e seu patrimônio. Mantinha-se distante de lugares frequentados pelos inconfidentes, principalmente o padre Rolim, porque no arraial todos sabiam de certa relação familiar da negra com o religioso, e isso não seria bom para os negócios.

Naquele momento tenso e confuso, com inúmeras denúncias e prisões, os inquisidores, cumprindo determinação direta do Vice-Rei, se espalharam na região do Tejuco à procura de "traidores da Coroa". Um grupo formado por magistrados e membros do governo foi ao distrito dos diamantes especialmente para interrogar Chica da Silva. A mulher, a princípio, não autorizou o escravo a abrir o portão do sobrado; no entanto, foi convencida logo que ouviu a leitura da intimação feita no meio da rua pelo oficial: "Senhora Francisca da Silva de Oliveira, sucessora, registrada em ofício, do desembargador e contratador senhor João Fernandes de Oliveira, está intimada a comparecer perante o juiz criminal da comarca de Vila Rica para prestar todos os esclarecimentos possíveis do seu envolvimento com a conspiração que atentou contra o Império português e sua majestade". E prosseguiu, desta vez sem a leitura do documento: "A senhora poderá, se desejar, receber os portadores desta intimação, representada por este grupo, para prestar o seu depoimento em ofício".

Os representantes da Coroa foram recebidos pelas escravas na grande sala do casarão. Pouco tempo se passou e surgiu pela porta do corredor, radiante, com um longo vestido preto, a Rainha Negra dos Diamantes. Acomodou-se na cadeira de veludo vermelho de frente para a janela de onde se descortinava o jardim. Encostada no espaldar alto, com pedras brilhantes incrustradas na madeira de jacarandá, descansou seus braços sobre a perna cruzada. Um silêncio prolongado invadiu a sala. Chica permaneceu um longo tempo com o olhar fixo na janela. O que se passava na cabeça daquela mulher? Escrava alforriada ainda na adolescência e agora poderosa, rica e de posses? Quem sabe o seu olhar alcançava Milho Verde, o povoado onde nasceu? Ou em suas memórias passava a imagem de sua mãe, Maria, escrava trazida da Costa da Mina, na África?

Os investigadores queriam saber a relação dela com o padre Rolim. Inteligentemente, Chica disse que se lembrava de ter emprestado certa quantia para o sacerdote, mas não soube dizer como ele gastou o dinheiro. E afirmou desconhecer "ideias de conspiração". Questionada sobre o porquê de emprestar dinheiro para o padre, respondeu: "Empresto, quando posso, para quem me pede. Até para o comandante do destacamento, que está presente e não me deixa mentir. É bom lembrar também que a minha família é muito próxima a do Rolim".

Os representantes da corte quiseram saber sobre as festas realizadas na Chácara da Palha para arrecadar dinheiro...

— Cavalheiros! - disse Chica — realizo festas há anos na minha propriedade. Não faz muito tempo que membros da corte imperial estiveram no Tejuco, numa grande comemoração religiosa que promovi. Olha, estou cansada e vou me recolher. Não estou me sentindo bem. Os senhores podem procurar os meus advogados...

Nesse momento o tenente-coronel, responsável pelo destacamento militar da região, se adiantou e pediu desculpas pelo mal jeito da visita. "Estamos de saída, senhora, não vamos mais incomodá-la ou aos seus filhos."

— Senhora! - insistiu um dos investigadores — Uma última pergunta: qual foi o papel do senhor Ignácio no levante? Ele participou da conjuração?

— Aquele negro? Meu jardineiro? Ora, ora, não sabe nem assinar o nome, conversar direito... um pobre coitado que vivia no mato. Deixa de bobagem, homem! Conheci Ignácio no Mosteiro de Macaúbas.

Francisca da Silva de Oliveira faleceu no Tejuco, em sua chácara, em fevereiro de 1796, aos 62 anos. Foi aceita pela elite mineira por sua riqueza. Soube usufruir do poder. Nutria admiração pela luta dos negros contra a escravidão. Detestava o domínio português e sempre que era chamada para contribuir com a causa revolucionária, visando separar a Capitania de Minas da exploração estrangeira, marcava presença, ora com ajuda em dinheiro, ora oferecendo seus escravos para qualquer missão de apoio.

O velho negro Ignácio, jardineiro e administrador da famosa Chácara da Chica, após o falecimento de sua patroa, seguiu à risca todas as suas recomendações, sempre em prol da província. Uma delas era ceder a propriedade da Palha para movimentos que visassem derrubar o governo. Mais tarde, já bastante idoso, Ignácio passou a administração da chácara para seu filho, que apoiou o grupo do capitão Diego, sem a interferência da família da Chica.

Ao completar cem anos, o velho, no seu leito de morte, já com dificuldade para respirar, chamou o filho e disse com a voz enfraquecida: "Preste atenção no que vou lhe falar. Mas não conte pra ninguém, pode ser perigoso. Eu fazia o contato entre os conjurados. Levava e trazia recados, bilhetes e documentos para Tiradentes e demais integrantes do movimento. Visitava diversas propriedades e recolhia dinheiro dos colaboradores. Mas nunca participei das reuniões dos conjurados, pois os líderes não permitiam. Certa vez fui buscar armas em São Paulo... mas não consegui trazê-las devido a intensa fiscalização dos militares. Quando começaram as prisões, dona Chica me escondeu. Fiquei bastante tempo numa fazenda de sua propriedade, nas proximidades da Vila do Príncipe. Eu nunca revelei o meu nome, por isso não me encontraram, apenas suspeitaram de mim. E a patroa sempre me protegeu. Portanto, filho, guarde a dona Chica da Silva na sua melhor memória e reze por ela, para sua alma descansar sempre em paz".

O velho ateu já não tinha fôlego para continuar e finalizou: "Vá até a Chácara da Palha. Debaixo da maior mangueira está enterrado um dinheiro, parte do que era recolhido. Quando Tiradentes foi preso, eu não sabia o que fazer. Agora, filho, o dinheiro é seu". Segundo disseram os amigos, antes de finalmente fechar os olhos, Ignácio balbuciou: "Chica, a única mulher que amei".

Entre danças e afetos nasce o amor

Na grande estrada dos diamantes, que ligava Vila Rica ao arraial do Tejuco, transitavam tropeiros, caixeiros viajantes, ladrões, gados vindos da Bahia, prostitutas, trupe de artistas, militares, políticos, negros, gente simples e contrabandistas. Era uma estrada movimentada. Os negócios passavam por lá. Uma viagem cansativa, pois havia poucas hospedarias, ao contrário do trecho entre Vila Rica e o Rio de Janeiro. Encontrar alimentação na estrada era raro. Mas todos que conheciam aquele trecho já se preparavam com antecedência para a jornada. O gado que vinha do norte da província, principalmente da Bahia, socava e amassava tanto o barro, na época chuvosa, que trechos da estrada ficavam interditados. O governo não fazia manutenção, deixando para os fazendeiros e comerciantes a tarefa de cuidar da estrada.

A densa chuva passou, e os dois militares, Diego e Vasques, seguiram em direção ao Tejuco. Antes de chegar ao destino, iriam se hospedar na fazenda do coronel dom Azevedo Coimbra, português que vivia da lavoura, da criação de animais e da lavra do ouro em suas próprias terras. O rico fazendeiro tinha duas filhas, desejadas pelos rapazes de Vila de Cocais.

Uma característica dessa vila era o gosto da elite pela música. Em quase todos os casarões, pertencentes aos mineradores e aos ricos proprietários, tinha um piano ou um cravo. O padre dominicano Olavo pregava os ensinamentos da Bíblia para as donzelas, fazendo a alegria das tradicionais famílias do povoado.

O capitão Diego, por pertencer ao corpo da Cavalaria dos Dragões, conhecida tropa de elite do governador, era considerado uma autoridade na capitania. Por isso era tão bem recebido na alta sociedade. Por onde passava, com sua elegante farda – casaca e calça até os joelhos, na cor azul turquesa, capacete de couro e altas botinas –, fazia as moças suspirarem. Muitas sonhavam com os oficiais no altar. Um casamento requintado, com o apoio total das famílias.

Nas proximidades da Vila de Cocais, a dupla se deparou com um assalto a uma carroça. Negros e mestiços comandados por um homem branco agrediam as vítimas com xingamentos e batiam no homem que conduzia o coche.

Os bandidos, ao avistarem os militares, correram para a mata. Mas o tenente Vasques não se conteve e partiu atrás dos assaltantes. Pegou um negro, o amarrou ao cavalo e foi ao encontro de Diego.

— Você se arriscou. Não deveria ter ido sozinho – disse o capitão.

— Trouxe um. Os outros escaparam. Eram uns cinco – afirmou Vasques.

— Mas é você, coisa-ruim? – disse Diego ao reconhecer o negro preso.

— Pelo amor de Deus, capitão! Vou embora e prometo não fazer coisa errada nunca mais - exclamou o negro.

Diego conhecia o "coisa-ruim", como todos chamavam o negro em Cachoeira do Campo, por malfeitos que ele praticava no povoado.

— É, com você não tem jeito. Quantas vezes te levei para a cadeia na vila? Desta vez você ficará preso em Conceição do Sabará - disse o capitão.

— Tá tudo certo aí? Ninguém se machucou? Então vamos acompanhá-los até Morro Grande e de lá vocês vão para Santa Bárbara. Mas se estiver próximo de escurecer, que fiquem em Morro Grande - determinou o tenente.

Ao chegar em Cocais, já noite, o capitão levou o prisioneiro para o destacamento militar, onde deixou ordens para, no dia seguinte, os soldados o levarem para a cadeia de Sabará. "Lá um juiz irá ouvi-lo", disse. Diego carregou o senso de justiça durante toda sua vida.

— Isto são horas? - bradou dom Azevedo.

— Nos desculpe, coronel. Tivemos um entrevero na estrada - respondeu o capitão.

— Então, homens, entrem e vão tomar um banho; a água está fervendo no fogão. Preta Menina levará as toalhas para vocês. Mulher! Termine a janta porque os rapazes chegaram - disse em voz alta o dono da casa; e completou: — O jantar será servido daqui a uma hora.

As moças, cobiçadas pelos rapazes de Cocais, Maria Perpétua e Maria Vitória, já estavam à espera dos visitantes na sala de jantar. Após a refeição, dona Eusébia, esposa do coronel, pediu desculpas aos convidados e se recolheu ao aposento. "São as minhas pernas. O doutor disse que o problema está no sangue. Não posso ficar muito tempo de pé", explicou.

A partir daquela noite, o coração do jovem Diego não seria o mesmo. O amor estava lá, na varanda da casa, aguardando pacientemente um casal em busca do ar frio da noite. À procura de aconchego, Diego e Perpétua ousaram pisar naquela varanda. A luz de velas e o vento leve e úmido vindo da serra do Caraça criaram uma atmosfera própria para o deleite dos enamorados. Jovens a caminho da paixão... mas, preventivamente, sem demora, dom Azevedo chamou a filha para dentro: "Está frio aí fora, e os cavalheiros estão exaustos! Amanhã conversaremos com mais calma para tratar dos negócios".

Diego, no pouco tempo de bate-papo com a moça, descobriu que ela estudava Direito na faculdade do Porto, em Portugal, e pensava em abandonar os estudos pela distância e pela saudade dos pais. Não pretendia trabalhar como advogada no Rio de Janeiro ou em São Paulo. "Em Minas não tem como atuar. Já são muitos os profissionais", disse, dando sinais de que já estava deixando a escola, para a tristeza da família.

Na manhã seguinte foram passear a cavalo nas terras do pai. Refrescaram-se, molhando os pés na cachoeira da propriedade, sempre na companhia de duas escravas domésticas. Pouco se falaram. Trocaram certas carícias. E em raro diálogo, debaixo de um jequitibá centenário, Maria Perpétua demostrou a habilidade com as palavras e seu gênio forte.

— Fiquei sabendo que vocês querem derrubar o governador. Sonho bobo. Não conseguirão. Em Portugal, li a respeito da conjuração mineira, prisões e enforcamento...

— Meu tio foi enforcado – interrompeu Diego.

— Papai me contou. Escuta, houve muito sofrimento das famílias envolvidas na trama. Violência da Coroa. E nada mudou! Hoje, Portugal cobra, além do imposto da produção do ouro, o dízimo para todos que produzem. Um absurdo! Soma-se a isso tudo a truculência do Império com os mais pobres. Como você imagina derrubar o poder? Com seu amigo tenente Vasques, que é português, e mais meia dúzia de negros?

— Não são meia dúzia de negros. Aliás, homens confiáveis e prontos para a luta... – rebateu o capitão.

— O que você irá oferecer a esses infelizes homens? A liberdade? Os ricos não querem a abolição, à Coroa não interessa. Você sabia que o Brasil é um dos únicos países que ainda tem regime escravocrata? Um sistema que sujeita alguém à escravidão? Então, meu amigo, esqueça o tão sonhado apoio da população. Esqueça as ideias iluministas vindas da Europa. Essa gente segue o poder, a elite... Mas, chega de falar, não vou conseguir mudar esta sua cabeça maluca. Hum... dizem que Tiradentes era meio lunático... – ironizou Perpétua.

— Respeito sua opinião. Seguirei perseguindo o meu ideal... – respondeu Diego, disfarçando a mágoa daquela mulher que o encantou.

— Diego, vamos falar de baile. Neste sábado, no salão da igreja, haverá uma festa para angariar fundos para os festejos de Sant'Anna. Vamos dançar e tocar músicas. Papai mandou vir do Rio de Janeiro vinhos franceses e doou um bezerro para a igreja. Vamos? Quero muito que você vá, capitão!

Diego e Vasques estavam com dias de folga. O objetivo era chegar ao Tejuco, onde várias reuniões estavam previstas. Lá também iria acontecer o tão esperado encontro com o padre Rolim, recém-chegado do exílio em Portugal. Já idoso, recebeu autorização especial do Papa para retornar ao Brasil. Mas Tejuco estava longe, e a dupla queria era se divertir na festa da igreja. E pra lá rumaram todos. Os corações de Diego e Perpétua se enlaçaram definitivamente aos pés de Sant'Anna. Selaram o amor para sempre e juraram um casamento próximo.

O rapaz procurava se concentrar no discurso dos seus objetivos revolucionários. No entanto, o aroma do perfume francês usado por Perpétua o inebriou, e, enquanto bailavam, inevitavelmente tantos beijos possíveis foram trocados, entre os cochilos do pai e os olhares atentos do conservador pároco dominicano.

Por sua vez, seu companheiro tenente Vasques conversava animadamente com Maria Vitória. Depois do baile, na conversa íntima com Diego, o tenente revelou ser aquela mulher, Vitória, a mais encantadora que conheceu. O português chegou a afirmar ser ela a esposa ideal, mas ele não a merecia...

O coronel Azevedo Coimbra sabia das joias de meninas que sua mulher pôs no mundo. Logo no café da manhã lascou uma pergunta ao capitão Diego: "O seu caso com a Perpétua é para enrolação ou casamento? Como estamos fazendo negócio..."

— Desculpe-me, estamos nos conhecendo agora, e sua filha estuda no exterior. O coronel e eu comercializamos animais... por enquanto é somente isso. Respondo à pergunta sem querer ofender o senhor, que tenho em grande estima.

— Está bom. Daqui a quinze dias os bezerros estarão na sua fazenda. E aquela conversa de seu bando tomar o poder do governador? - disparou dom Azevedo.

— Obrigado, coronel, pela sua ajuda financeira ao movimento. Mas, por ora, não posso revelar as nossas estratégias. O senhor saberá quando chegar o momento... Outra coisa: eu não tenho fazenda. Utilizo a propriedade de um amigo para comercializar meus animais.

— Estou ansioso, meu rapaz. Estou torcendo por vocês. Os impostos estão exagerados. Tiram uma parte do nosso ouro e do ganho de nossa plantação. Para o meu gado atravessar uma pontezinha de nada, o governo nos cobra taxas... Desejo boa sorte ao movimento. Ah, deixe a localização da sua propriedade com o meu capataz.

— Por favor, coronel, despeça de Maria Perpétua. Não poderei esperá-la acordar. Em breve darei notícia.

A dupla pegou a estrada, antes do sol aparecer na colina. Se abasteceram com frutas, farinha e feijão cozido, carne de sol e muita água para uma longa viagem. No pensamento, as últimas notícias vindas da região dos diamantes. Viajantes contaram que a Guarda Nacional, a mando do Rio de Janeiro, prendeu arruaceiros e gente do garimpo: "São pessoas do mal, que roubam ou desviam as pedras preciosas para outras províncias. Estrangeiros compram e até encomendam as pedras aos contrabandistas".

O temor dos militares era de que essas notícias pudessem desmobilizar os combatentes voluntários. Não entendiam o porquê dessa investida da polícia justo no Tejuco. Precisavam apurar o acontecido porque o comandante local dos Dragões estava apoiando o movimento, pelo menos tinha se comprometido. Mas isso seria depois. Próxima parada dos viajantes: Vila do Príncipe, no serro frio. Mas o caminho era longo e cansativo para os animais. Muitas paradas seriam necessárias até o destino. Tempo suficiente para as lembranças de Cocais.

O amante de Sebastiana

No céu rubro de verão, com a noite caindo, uma enorme circunferência branca surgiu girando lentamente no horizonte. Lua cheia. Pouco a pouco uma pequena nuvem encobriu a claridade. Tudo virou penumbra. Encostada na cerca, ao lado do estábulo, Sebastiana se aconchegava no peito de seu amante. Caminharam até a pequena varanda do casebre de Bartolomeu. A mulher se sentia segura naqueles braços fortes de lavrador. Estava feliz. Bartô, como era conhecido na região, também se sentia feliz.

O instante de carinho na penumbra durou até a lua novamente iluminar o grande pasto. Tudo se tornou claro, e uma bala zuniu no ar, cortando o vento e transpassando o braço de Bartolomeu. Grito baixo de dor. Era um homem durão, não abandonava uma luta, mas dessa vez precisava correr, "senão vou virar defunto na certa", pensou, pulando do outro lado da varanda.

— Corra, Sebastiana! Se esconda, mulher! Vou cair no mato. Adeus! – gritou o apavorado Bartolomeu.

— Seu vagabundo! Traidor! Ladrão de mulher casada. Toma mais chumbo! – berrou Tião, conhecido capanga e matador na região.

A lua outra vez girou entre as nuvens, escureceu o lugar e assim facilitou a fuga de Bartolomeu. Uma sorte que Sebastiana não teve. O capanga a agarrou pelo braço, colocou-a na carroça escondida na mata e a levou de volta para a casa do coronel Isaías. Sebastiana era a terceira esposa do coronel. Nutria pelo marido gratidão por tê-la tirado da pobreza, mas sentia muito amor pelo negro Bartô.

Coronel Isaías esperava os dois no portão. Lá mesmo começou a espancar a mulher, gritando:

— Sua vadia! Meretriz da vila! Vai aprender a trair um homem de bem!

E tome chicotadas. As agressões foram tantas que o capanga pediu para que Isaías parasse de bater: "Ela pode morrer, patrão!". O rosto de Sebastiana começou a ficar desfigurado. Muito sangue em seu vestido. Começou a perder os sentidos. Nessa hora, a escrava cozinheira a levou para dentro da casa.

— Pai, acho que exagerou. Ela é sua terceira mulher, e quantas vezes o senhor já pulou a cerca? Olha, na Europa não se batem mais nas esposas...

— O que esse pirralho sabe da vida, Tião? Diga para ele não se meter - retrucou um confuso homem, quase sem fôlego.

— Sinto vergonha, pai. Se Sebastiana está traindo o senhor é porque ela não lhe quer mais...

— Ah, vai se danar. Se não está gostando daqui, vá embora. Só porque estudou na Espanha acha que pode mandar em mim? Reservei o caixão para aquele maldito. Então, Tião, mandou aquele desgraçado para o inferno? - quis saber o coronel.

— Não foi dessa vez. Mas pego ele amanhã. Vi sangue no chão. Certamente acertei o caboclo. Pode ficar tranquilo, coronel, cedo ou tarde pego ele.

— Então, amanhã levo a vadia para a vila. Vou entregar essa pretinha na casa das putas. Aquele é o lugar dela... - esbravejou o coronel.

— E o padre Irineu? Pai, ele vai aprovar a sua atitude? - retrucou o filho.

— À merda com esse padre. Se me encher a cabeça, paro de contribuir para a igreja. Olha, tem mais uma coisa: fala lá dentro da casa que essa negrinha safada vai dormir na senzala, junto com a raça dela. Estou muito nervoso. Sou capaz de esganar ela...

— Pai, isso não é bom para o seu coração...

— Agora você virou médico? Ha, ha, ha... - falou com ironia.

— Seria muito melhor para a sua saúde, se isso de traição aconteceu, o senhor mandar a pretinha embora. Dê uns trocados e a devolva para a família - sugeriu o filho.

— Pedro Paulo, meu filho, você é jovem. A gente tem que manter o respeito. A honra. A família cristã! - retrucou.

— Mas o padre não deveria aceitar três esposas debaixo do mesmo teto! É contra os preceitos da Igreja Católica, ou não? - questionou o filho.

— São amantes! Sua mãe era a minha esposa. Morreu! Elas são minhas amantes.

— O senhor que é amante delas...

— Chega desta conversa, Pedro Paulo. Você já falou demais. E pode ir embora se quiser. Se não for para me apoiar, vá pegar estrada... - disse raivoso o coronel.

— Sim, meu pai. Vou partir em breve. Dois dias no máximo. Pego algum dinheiro que o senhor puder me emprestar e sigo para o Tejuco. Fui convidado para iniciar uma nova política para Minas... - disse, quase revelando o que, afinal, todos na província sabiam: um levante para derrubar o governador.

— Sei dessas ideias propagadas pelo louco do capitão Diego. Aquilo não presta. Vai para o mesmo caminho do seu tio Xavier: ser enforcado! Larga esse sujeito pra lá. Cuida da sua vida. Fica para trabalhar comigo, cuidar do rebanho... - rogou o pai.

— Vá dormir, coronel. Vou fumar um charuto aqui fora. Boa noite!

— Boa noite, filho - respondeu Isaías, mais calmo, aliviado, depois da surra dada em Sebastiana.

— Pois então eu também vou indo, coronel. Amanhã sigo atrás daquele safado - disse Tião, montando em seu cavalo e saindo a galope para a escuridão.

A pedido do padre Irineu, Sebastiana foi alforriada. O perdão pela traição e a posterior alforria concedida foram as condições negociadas entre o pároco e o coronel para a absolvição dos seus pecados. O fazendeiro acreditava que dessa forma "seria uma garantia a mais para entrar no céu sem dívidas espirituais", e o padre confirmou.

O negro Bartolomeu vagou por dois dias, evitando os povoados maiores, até encontrar com um andarilho. Este mostrou-lhe o caminho a seguir para chegar ao Quilombo Boa Morte, próximo a São Gonçalo, no vale do rio Paraopeba.

No local havia muitas palhoças vazias, e o chefe da comunidade, mestre Ambrósio, disse ao forasteiro que ele poderia ficar, na condição de trabalhar diariamente na lavoura do quilombo e aos sábados garimpar nas margens do Paraopeba. A folga seria aos domingos, mas sem cachaça. "Se quiser beber terá que ir para o povoado próximo. E se fizer algazarra na comunidade será expulso." O mestre explicou as regras e disse mais: "Metade do que garimpar de metal precioso será do Quilombo".

Dois meses se passaram, e Bartolomeu seguia tocando a vida, até o dia em que um dos moradores lhe avisou: "Bartô, vi homens de cara ruim perguntando por você no povoado; te descreveram e contaram que te viram por aqui. Acho que são jagunços".

Na manhã seguinte, mestre Ambrósio falou:

— Moço, não quero problemas na comunidade. Pegue seus pertences e vá embora. Tome algum dinheiro. Boa sorte!

O negro fugitivo resolveu então voltar para Vila Rica: "Seja o que Deus quiser, vou procurar Sebastiana", decidiu.

Na volta à Vila, passou pelo povoado de Cachoeira do Campo, onde, no passado, ocupou um casebre abandonado e começou uma pequena roça de milho, com as sementes doadas por negros da comunidade quilombola do rio das Velhas. Também pescava e vendia o que colhia. E foi assim, com os negócios no mercado, que conheceu Sebastiana.

O casebre estava totalmente tomado pelo mato, e nos arredores encontrou um velho conhecido, que lhe deu notícias de sua amada. Enfim, ela estava livre. Partiu para Vila Rica.

Não demorou muito para encontrar Sebastiana. Ela estava trabalhando em uma birosca frequentada pelo tenente Vasques. Naquela noite não trocaram carinhos, apenas se cumprimentaram discretamente. Entretanto, todos no lugar sabiam do romance e dos riscos que o casal corria. Por sugestão do militar, propagandista da causa rebelde, eles deveriam ir para o Tejuco, e Bartô se ingressar nas fileiras do movimento. E assim fizeram... Porém, por pressentimento de Sebastiana, durante o caminho, mudaram o rumo e decidiram ir para a província de São Paulo, onde muitos estavam apostando na lavoura do café.

— Pois é, Bartô, vai ser melhor assim. Chega de confusão. Você quase morreu...

Foi a melhor solução porque o caçador de recompensa, Tião, capanga do coronel Isaías, estava à espreita no arraial dos diamantes para cumprir sua tarefa: matar Bartô, o negro que humilhou seu patrão.

A carroça das loucas

No meio do dia o céu se tornou negro. A luz quase desapareceu por completo no horizonte. As aves procuraram abrigo e as galinhas correram para os poleiros. Tudo virou sombra. Silêncio.

— Dona Jandira, olha a ventania! - disse Maria Perpétua, recém-chegada de Portugal, onde cancelou seu curso na faculdade do Porto.

— Sinal dos tempos, Perpétua. Até os animais se recolheram...

— Isso se chama eclipse solar, segundo os cientistas. A Lua se posiciona na frente do Sol, ocultando sua luz para a Terra. Ocorre de tempos em tempos. Não precisa se preocupar, madrinha, logo passa - explicou a moça.

— Minha querida, isso é sinal de mau agouro. Melhor rezar. Ajoelhar e pedir clemência ao Senhor.

Pouco a pouco o céu voltou a clarear. De pé, na porta dos fundos, Maria Perpétua contemplava o campo e via os animais voltando à rotina diária. Ao longe, muita poeira na estrada que circundava a propriedade era um sinal de que uma tropa ou carroça estava vindo. Postou-se na porta da cozinha à espera do desconhecido.

A mulher começou a distinguir lentamente a cena: uma grande carroça, puxada por quatro animais, e na carroceria uma espécie de jaula improvisada, com grades de ferro. Ficou intrigada. Se aproximou da cerca da chácara e, apesar da imensa nuvem de poeira, pôde ver o conteúdo da jaula antes que a carroça se desviasse na encruzilhada.

Mais tarde, ao tomar o café com biscoito na beira do fogão, estava pensativa e triste.

— O que você tem, Perpétua? O que houve? O que você viu na estrada? - quis saber a madrinha.

— Dona Jandira, vi uma carroça puxando uma jaula de ferro com cobertura de madeira. Dentro, mulheres descabeladas e com vestes de mendigas... Não consegui ver seus semblantes!

— Ah, é a carroça das loucas, como chamamos na região. Não se entristeça. A gente se acostuma com o passar do tempo - afirmou Jandira.

— Que mulheres são aquelas? - indagou Perpétua.

— Minha afilhada, quando o marido se sente traído ou não está satisfeito com o matrimônio, ele tem o direito de mandar a mulher embora. Mas tem famílias que não as aceitam de volta. Então, o recurso é enviar a esposa para um lugar de repouso, porque as freiras não podem recebê-las nos mosteiros. São impuras.

— O marido é quem decide e pronto? - perguntou a moça.

— Não, não... tem um grupo de homens que se reúne, com a presença de um membro da igreja, na casa do contratador especial, em Vila Rica. Lá eles conversam sobre a família, a moral, a palavra de Deus, a Bíblia, e decidem sobre casos de infortúnios no lar - esclareceu a madrinha.

— O marido vai à reunião e expõe o problema familiar?

— Isso. E o grupo encontra a solução...

— Mas, madrinha, eles indicam uma punição para a mulher? - perguntou Perpétua, indignada.

— São os costumes, de acordo com o ensinamento cristão. O padre dá a palavra final e indica a salvação para o casal. As coisas são assim em Minas. Você estudou fora, mas o que acontece aqui, na nossa província, é tradicional, e as pessoas respeitam muito a igreja - explicou dona Jandira.

— E o que tem isso a ver com a carroça com a jaula? - insistiu a moça, voltando ao assunto.

— Veja, querida, quando o grupo aceita a denúncia do marido sobre o problema matrimonial, quando ele está insatisfeito com a esposa ou acha que ela não está cumprindo com as promessas feitas no altar, o que resta a se fazer? Se a família da mulher a aceitar de volta, está resolvido. No entanto, muitas não têm esse apoio ou são rejeitadas pelos parentes. E tem também o caso das negras forras, muito mais complicado...

— Aí o grupo decide internar a mulher? - interrompe, impaciente, Perpétua.

— A palavra final, no caso de adultério, é sempre a do padre da comunidade. Às vezes a mulher é ouvida. Se o pároco resolver que aquele comportamento é motivado pelo demônio, a solução é internar a esposa. Então é marcado um dia no mês para a carroça buscar a paciente. Acontece, como você viu, se fazer o transporte de várias mulheres, todas culpadas...

— Por esse tribunal da inquisição! Antes eles queimavam as mulheres, consideradas feiticeiras, chamando-as de bruxas... - disse baixinho a moça.

— Não, Perpétua, aqui eles nunca fizeram essa maldade de queimar. São homens bons, de Deus. Fazem o que está nas escrituras, segundo meu marido. Se essas mulheres perderam o juízo, resta apenas o manicômio para o correto tratamento. E que Cristo esteja nos corações dessas pessoas.

— Madrinha, quem autoriza o transporte dessas mulheres? - quis saber Perpétua.

— Depois que o padre dá a palavra final, o caso passa para o comandante do destacamento dos Dragões. O diretor do hospital...

— Onde fica esse manicômio? - interrompeu a moça.

— Pelos lados de Queluz, povoado localizado no caminho de Vila de Barbacena. Mas, como eu estava falando, o diretor do hospital marca o dia para a coleta, como eles falam. Na data, as mulheres preparam suas roupas no baú e embarcam na carroça, como se fossem animais. Isso eu acho uma covardia...

— Tudo é desumano, madrinha. Essas coisas precisam mudar. E acho que tudo passa pelo governador. Se ele dissesse não, esse comportamento dos homens iria se modificar.

— Perpétua, no hospital também tem uma ala para homens. Dizem que um sobrinho do governador foi internado à força. Ele não vai fazer nada para mudar esse costume...

— Madrinha, nós vamos fazer uma revolução. Escute o que digo: vamos derrubar esse governo, e uma nova era vai começar em Minas, com liberdade e impostos justos. Os pobres, que são a maioria do povo, terão seus direitos garantidos. E atitudes conservadoras e antiquadas irão ter seu fim...

— Bobagem da cabeça de gente que vem do exterior. Ideias malucas! Muito cuidado com o que você fala por aí. Para você ser considerada louca, basta haver uma acusação. Que Deus ilumine seus passos!

Carregando essa revolta no peito, precisando desabafar, Perpétua foi para a fazenda em Cocais, conversar com seu pai, o coronel dom Azevedo Coimbra. Depois de ouvir pacientemente a filha, ele disse:

— Seria melhor você ter ficado em Portugal ou no Rio de Janeiro. Por aqui não tem nada bom para você fazer. Vai ficar enfiando minhoca na cabeça.

Maria Perpétua não se conformava com a cena vista na estrada, na chácara da madrinha. Repetia que o papel da mulher e do negro na Colônia, e agora no Império brasileiro, era o mesmo de lugares mais atrasados do mundo. Uma sociedade em formação, como a do Brasil, mantém costumes de países arcaicos, onde os governos reprimem o povo. "Pai, nosso país é um dos últimos a tolerar a escravidão. O senhor acha normal?", questionou. O coronel não tinha resposta. Não haveria de ter, porque os ricos fazendeiros, grandes comerciantes, incluindo os donos de tropas, banqueiros, além dos políticos da província, precisavam conservar o status. Abolir os escravos e renunciar aos cativos significava perder o que a elite tanto cultivava: a dominação. Além de ser difícil ter que pagar salário, mesmo miserável, ao novo trabalhador. "Mas isso, reconheço, terá que ser resolvido num futuro não muito longe", disse dom Azevedo.

Maria Perpétua não conseguia entender a lógica daquela sociedade provinciana. Atitudes tão atrasadas e cruéis, principalmente com os negros, sendo seus proprietários considerados, pela lei, seus responsáveis exclusivos, com direitos ilimitados.

— Por exemplo: o senhor, meu pai, pode castigar seus escravos com açoites. Seus filhos também podem apanhar. No entanto, quando os filhos crescem, os pais param de bater. Isso não acontece com os escravos. Velhos vão para o açoite. É tão cruel!

— Filha, não é bem assim. Sua cabeça deve estar cheia com as histórias que o capitão Diego lhe contou. As tradições são importantes para manter nossas gerações... e precisamos dar o corretivo justo ao escravo que age errado.

— Pai, a família escrava sempre estará sob a ameaça do arbítrio senhorial.

— Engano seu, filha. Os escravos sabem quando o castigo é justo ou injusto. Sabem qual é o ritmo do trabalho aceitável ou não. Sabem o que precisam fazer para ganhar a alforria. Esses homens e mulheres não são tão vítimas como você e parte desse grupo, que deseja derrubar o governo, querem acreditar. Aliás, colaboro com o movimento do capitão Diego porque ele prometeu, quando assumir a capitania, que vai baixar e até cortar impostos. Esta é a minha desavença com o Império: excesso de taxas e impostos pagos aos portugueses. E tem outra coisa, filha, o que será desses infelizes, negros pobres, se ganharem a liberdade? Você acredita que os senhores do engenho ou fazendeiros irão contratá-los? Se acredita, não conhece os ricos desta terra. Tenho consciência de que sou uma exceção, pois dou garantia de vida aos negros e sempre ofereço alforria a preços baixos. Mas o que ocorre? Muitos preferem ficar na lavoura, em troca de acolhimento e comida.

— Conheço a humanidade do senhor, mas, ainda assim, mantém cativos na fazenda!

Pai e filha não se entendiam. A irmã, Maria Vitória, encostada na janela, ouvia a discussão sem tomar parte. A mãe permanecia no quarto de costura. As escravas domésticas se entreolhavam na cozinha.

Dom Azevedo não entendia o porquê de tanto comportamento rebelde. Deu tudo para as filhas. Oportunidade de estudar no exterior, bons dotes para os rapazes interessados em casamento...

— Você, filha, tem tudo na vida. Não quer voltar a estudar. Não quer se casar. O filho do contratador de São João del-Rei está apaixonado. Realizamos festas na fazenda, e nada de você se arranjar... Verdade que você sempre foi diferente...

— Ah, vem o senhor de novo com essa conversa. Sou o que sou! O fato de sempre gostar de montar a cavalo, não brincar de boneca na infância como a Vitória...

— Suas primas todas se casaram – interrompeu Azevedo.

— E daí? São felizes, pai? Olha, na Europa o comportamento das moças está mudando. Pensam, claro que nem todas, em se formar, ser professoras ou mesmo cientistas... – argumentou Perpétua.

— Você precisa ir ao Tejuco conversar com sua avó, com suas tias... Viveram na Europa e podem esclarecer as coisas na sua cabeça. Filha, você não pode viver sem marido... nos causa muita preocupação.

— Pai, volto àquele assunto: é uma crueldade sem tamanho enviar mulheres sãs para um manicômio!

— De novo! Filha, são leis divinas. Cabe ao homem prover e cuidar para a perpetuação da família. Está na Bíblia. As mulheres realmente não são obrigadas a casar. Ficam solteironas ou vão servir a Deus. Aquelas que aceitaram o casamento, também aceitaram os mandamentos da igreja. Um deles diz que o homem é o responsável pela ordem saudável da casa. É o provedor e a pessoa que não vai permitir que o seu lar seja invadido pelo pecado. O diabo ataca as famílias cristãs, não sei se você sabe disso.

Na cabeça da moça surgia sempre aquela misteriosa carroça em meio à poeira. E o silêncio perturbador daquelas mulheres, vítimas de seus maridos, pais ou irmãos... Lá do fundo da cozinha vieram as palavras do seu pai, ecoando forte pelos cômodos: "Pare de brigar comigo. Não me aborreça com essa conversa. Você não sabe nada das nossas tradições. Nosso país precisa de disciplina, ordem! Os homens precisam manter sua autoridade na família, na província. Senão vai virar uma bagunça!".

Dom Azevedo, mesmo sendo um homem apegado às crenças religiosas e conservador, procurava manter um bom diálogo com suas filhas. "Um bom pai, embora sistemático", comentavam as tias das meninas.

— Perpétua, venha até a varanda! Olhe bem essas terras: à direita, a lavoura de milho; à esquerda, a de cana. Agora, veja lá no fundo, bem perto da grande mangueira ficam as pocilgas. Vendemos carne de porco para toda a província. E aqui, próximo às nascentes, está o gado. Alimentamos a família Real. Defumados e carnes salgadas vão direto para o palácio do Imperador.

— Parabéns, meu pai...

— Veja a Maria Vitória. Adora nossa fazenda e nos ajuda bastante. Agora mesmo estava trazendo o gado do pasto. Penso que você presta mais atenção na senzala do que na nossa produção...

— Tá, pai, eu fiquei muito tempo fora. Estou tentando me adaptar ao meio rural...

— Pois é... Agora abandonou os estudos. Me desagradou muito! Escuta, Perpétua, você sempre foi a mais inteligente da família, por isso apostei na faculdade de Portugal...

— Gosto muito da Vitória - retrucou a moça.

— Também gosto, filha. Mas ela nasceu para a vida no campo. Para a lida diária. Até parto ela faz... Mas não tem cabeça para os negócios. Cuidar do dinheiro... Mexer com banqueiro!

— Ah, não tenho certeza se quero essa vida rural.

— Você sabe... sua mãe não está dando muita fé das coisas, e a minha saúde não anda muito bem...

— Desculpe, meu pai. Estou sendo sincera com o senhor. O meu desejo é ir para uma área urbana: Rio ou São Paulo, ainda não me decidi...

— Sei, seguir o tal capitão...

— Pode ser! Gosto do Diego. Estou pensando no meu futuro, mas, certamente, longe de fazenda!

A noite começava a cair trazendo sombras para as copas das árvores. A algazarra dos pássaros denunciava o seu retorno aos galhos. A sopa fervia no fogão e o aroma de tempero circulava na cozinha. A mãe, dona Eusébia, na salinha de costura, finalizava mais um dia de tricô. Mesmo não encerrando a conversa em tons conciliadores, pai e filha se assentaram na mesa para o jantar. Maria Vitória logo se juntou ao grupo.

Visita ao manicômio

Maria Perpétua recebeu um emissário do capitão Diego, pedindo que ela fosse ao Rio de Janeiro participar de uma reunião preparatória para a revolução. Diego entendia que a moça precisava conhecer melhor o movimento e suas ideias.

Despediu-se de seu pai e pegou a estrada em companhia do escravo Fulgêncio. A estrada de Cocais ao Rio passava por Vila Rica e lá começava o caminho novo, onde, perto de Queluz, se avistava a portaria principal do manicômio, do qual sua madrinha havia falado.

A viagem até a capital do Império era longa e extenuante. Os viajantes paravam em fazendas para pernoitar. Dom Azevedo Coimbra era muito conhecido em Minas por ser um grande criador de porcos. Todos os meses, toneladas de toucinhos abasteciam o Rio e a província de São Paulo. Portanto, era relativamente fácil Perpétua conseguir hospedagem.

Foi na parada do povoado de Queluz que Maria Perpétua decidiu visitar o manicômio para onde as mulheres rejeitadas eram conduzidas.

— Patroa, acho melhor a gente seguir. Ver pessoas doentes da cabeça atrai coisa ruim - disse o negro Fulgêncio.

— Vamos continuar a nossa viagem, mas, antes, quero conhecer o lugar. Estou curiosa para saber como são tratadas as pessoas. E como é o processo de internação - respondeu a moça, tocando o sino instalado no beiral da porta de entrada.

Após vários toques no sino, a grande e pesada porta de madeira se abriu:

— Bom dia! - disse a enfermeira — O que desejam?

Perpétua explicou que queria conhecer as dependências do hospital.

— Mas a senhora precisa da autorização do diretor Manuel Fernandes. Vou levá-la até o seu gabinete.

Era de se esperar que o responsável pelo estabelecimento médico não desse permissão para uma repentina visita. No entanto, bastou a moça dizer quem era seu pai para o diretor mudar seu comportamento, até então um pouco desconfiado. Dom Azevedo Coimbra era um antigo doador de dinheiro para a entidade, classificada como filantrópica.

— Qual o objetivo da visita, senhora? - indagou o diretor.

— Tenho uma tia bastante idosa, com a cabeça ruim e debilitada...

— Sim - interrompeu o médico — aqui seria o melhor lugar pra ela. Temos um cuidado especial com os idosos! Os homens ficam em outro casarão, separado das mulheres. Pode ficar tranquila. A freira Dorotéia, com formação em enfermagem, irá acompanhá-la.

Na visita, a moça passou por alas onde as mulheres ficavam totalmente nuas e, muitas, deitadas no chão de pedra. As idosas ficavam separadas das jovens. "São decisões técnicas", observou Dorotéia. O olhar das internas era o mesmo: melancólico e distante.

Em um determinado corredor, Perpétua avistou Ritinha, vizinha de fazenda e sua amiga na adolescência, em Vila de Cocais.

— Freira! - disse — Por favor, posso conversar com aquela moça de vestido vermelho, encostada no chafariz?

— Você somente pode ver as pacientes pela grade. É pela sua segurança - informou Dorotéia.

— Olha, te pago. Toma algum dinheiro... - disse Perpétua.

— É muito, moça... Está bom, só por uns minutos - avisou, guardando o dinheiro dentro da blusa e abrindo a porta de ferro.

— Ritinha, não acredito. Lembra-se de mim? - falou Perpétua, temendo a indiferença da moça e desconhecendo o seu estado mental.

— Oi, Maria, o que você faz aqui? Ninguém vem me visitar...

— Uai, você se casou há pouco tempo. O que houve? - perguntou Perpétua.

A resposta não agradou. Ritinha era mais uma vítima do desprezo e da intolerância dos homens, apoiados por um governo ausente quanto aos problemas sociais. As autoridades lavavam as mãos, mesmo tendo conhecimento dos abusos e atrocidades cometidas pelos tais conselhos de tradição, família e bons costumes da província, com o apoio do clero.

Ritinha e tantas outras mulheres eram vítimas do machismo truculento e provinciano. A prática de conselhos para decidir sobre a vida de qualquer pessoa já estava abolida na capital do Império e na província de São Paulo. Persistia em Minas.

— Ritinha, o que aconteceu depois do casamento?

Por alguns instantes a moça, até então escondida na sua dor, contraiu o semblante e se abriu para a amiga.

— Três meses! E Roberto mudou de comportamento. Passou a dizer impropérios. Ofender a mim e a minha família. Dizia que queria filhos, que a sua família era saudável. Queria muitos filhos, senão o casamento não valia. Dizia também que eu era seca por dentro. Foram vários insultos. Olha, Perpétua, eu não desejava o Roberto na cama. Não sentia mais atração por ele. E os xingamentos fizeram com que eu sentisse mais repulsa. Então, surgiu Antônio, antigo empregado de papai na fazenda. A gente se encontrava escondido. Não chegamos a fazer nada contra os Sacramentos. Entretanto, o meu comportamento chegou aos ouvidos do Roberto. E ele disse: "te mato ou levo o problema para o conselho resolver?". Graças a Deus ele deixou para o conselho decidir sobre o meu futuro. Naquela altura, meu pai estava em São Paulo iniciando na lavoura do café. E minha cunhada não deixou que eu ficasse em sua casa para não servir de mau exemplo para os filhos. Por isso estou aqui!

— Vou tirar você daqui. Procure ficar calma. Eu prometo! Levo você para a minha casa... fique firme e tenha fé!

— Você não conseguirá. Roberto é poderoso. Amigo de banqueiro e do governador. Se eu for para sua fazenda ele vai acabar me encontrando e irá me matar! Por outro lado, ficando aqui vou me enlouquecer. Minha cabeça dói muito. São gritos e fantasmas à noite nos corredores... não sei o que está acontecendo comigo!

— Meu Deus! Fica tranquila. Vou ao Rio de Janeiro e trago sua liberação. Tenho um amigo que é médico na corte. Vamos conseguir um atestado. Em último caso, peço ao meu pai para nos ajudar.

Quando subiu no cavalo, ao lado do negro Fulgêncio, avistou a carroça com a jaula. "Vamos lá", disse a moça. E, mesmo com a recusa de Fulgêncio, que dizia: "Dá azar chegar perto desse inferno!", ela se dirigiu ao carroceiro, um sujeito com a aparência truculenta e demonstrando falta de educação.

— Senhor, por favor, quero lhe fazer algumas perguntas...

— Tá xeretando o quê? Afinal, o que uma mulher branca faz sozinha na estrada com um negro? – disparou o homem.

— Quem autoriza o senhor a trazer essas mulheres para o manicômio? – perguntou Perpétua.

— Obedeço a ordens do diretor. Ele diz: "vai pegar umas loucas por aí". Olha, moça, se morre, não sou culpado. Acontece às vezes. E isso dá trabalho porque tenho de enterrar o defunto. E acho que a senhora deveria parar de se meter nisso. Tem gente graúda nessa história, entendeu? Adeus, vou seguir estrada.

— Vai para onde? – perguntou Perpétua.

— São João del-Rei.

Maria Perpétua sabia que, para tirar a amiga Ritinha daquele inferno, somente com autorização médica. Por isso partiu imediatamente, mesmo viajando à noite, para chegar rápido ao Rio de Janeiro. Nessas alturas, já tinha esquecido o compromisso na capital imperial: a reunião para tratar do levante mineiro.

Dias de estrada empoeirada. Pousava poucas horas nas hospedarias, sempre sob olhares maliciosos dos viajantes, porque estava acompanhada de um negro. Era uma mulher culta e tinha vivência no exterior. Mas ouvia indesejáveis galanteios. Não se importava, embora Fulgêncio quisesse revidar com pancadas pouco delicadas. "Não, meu companheiro, as coisas podem ficar difíceis para você", aconselhava a moça. E em todas as estalagens do caminho novo a história se repetia: a moça dormindo no quarto do estabelecimento, e Fulgêncio, ora dormindo na cocheira, ora no estábulo.

No Rio de Janeiro, pouco conversou com o médico. Foi logo pedindo sua ajuda. "Você não muda. Sempre elétrica e querendo colocar o mundo nas costas", comentou o amigo. "Está bom, faço o relatório que você está me pedindo e assino como médico da corte, do nosso regente, futuro imperador Dom Pedro. Se houver problema, aconselho você a procurar o dr. Freitas em Queluz, talvez possa te ajudar. Boa sorte".

A dupla pegou a estrada novamente, deixando o cansaço para depois da missão de salvar a amiga. Trocaram os cavalos na fazenda de parentes, na subida da serra de Petrópolis, e seguiram poeira afora. A maior parte da estrada estava conservada. O desafio era a travessia de certos rios.

— Boa tarde, dr. Manuel Fernandes, o senhor se lembra de mim, certo? É sobre a senhora Rita Castro. Trouxe a autorização do médico da corte imperial para a alta da paciente. Eu assumo a responsabilidade. Vou levá-la para a minha casa em Cocais.

Um silêncio irritante ocupou, por um momento, a sala. Ouvia-se alguns gritos distantes. A freira Dorotéia, sentada perto da porta que dava para o corredor da internação, permanecia com o olhar vazio em direção a um crucifixo na parede.

— Senhora Perpétua, respeito a sua família. O senhor seu pai, coronel Azevedo, que muito estimo pela grande benevolência com a causa e sobrevivência desse hospital...

— Doutor, pode me dizer o que está acontecendo? -interrompeu Perpétua, nervosa com o ritmo da conversa.

— Olha, é difícil para a direção do hospital essa situação. Vocês demoraram muito. Compreendo a distância até o Rio. No entanto, a notícia não é boa - disse Manuel, temendo uma reação negativa da moça.

— Onde está a Ritinha? O que está se passando aqui neste inferno de lugar?

— Calma, minha senhora! Infelizmente a paciente teve um surto psicótico e pulou da janela superior. Teve morte instantânea...

— Não posso acreditar! Meu Deus! Como vocês deixaram isso acontecer. Ela estava sob sua responsabilidade, doutor!

— Entendo a sua reação. Tentamos fazer todo o possível. Não deu. Na queda ela quebrou o pescoço. Que Deus cuide de sua alma.

— As janelas lá de cima não têm grades? - indignada, perguntou Perpétua.

— É um lugar apenas para os empregados. Os pacientes geralmente não acessam...

— Geralmente! - disse a moça, alterando a voz.

Silêncio outra vez na sala. Dorotéia lhe serviu água. Perpétua não conseguia entender por que Ritinha não a esperou.

"Surto é assim. Vem quando menos se espera", afirmou Manuel. A moça, enxugou as lágrimas com uma pequena toalha da freira, reuniu forças e perguntou sobre o enterro. "A família mandou o dinheiro. Fizemos a cerimônia aqui mesmo. Ela está sepultada no fundo do hospital. Se quiser, Dorotéia lhe mostra o caminho", disse o diretor.

O caminho para o cemitério era estreito, com pequenas pedras redondas, dessas de fundo de riacho, e um belo jardim florido. Margaridinhas brancas e, também, na cor laranja delineavam as margens dos canteiros.

No túmulo, Perpétua chorou, e o sentimento de frustração invadiu sua alma. Pediu perdão à amiga por não conseguir salvá-la daquele lugar. "Desculpe, falhei. Não cheguei a tempo. A angústia e o abandono feriram seu coração, menina. Perdão!", sussurrou, fazendo uma longa oração: "Ó Mãe dolorosa...".

Quando retornou, passou pelo corredor onde estava instalado o gabinete do diretor e desabafou: "Seu canalha! Você a matou! Vou denunciá-lo ao Imperador", gritou, saindo às pressas.

— Senhora, fui paciente. Chega! Fora daqui!

— Vá à merda, seu assassino. Vou processá-lo! – berrou Perpétua, puxada para fora do portão pelo Fulgêncio.

Maria Perpétua, exaurida por tanta tensão, não se juntou aos companheiros de movimento no Rio; foi para a fazenda de um amigo da família em Cachoeira do Campo. Precisava relaxar. Se preparar emocionalmente para a decisão que acabara de tomar: ir para o arraial do Tejuco e se juntar aos rebeldes, sob o comando do capitão Diego.

Visita na madrugada

— Acorda, Zé! Os cachorros do compadre Irineu estão latindo há horas.

— O que eu posso fazer, mulher? - respondeu José, morrendo de sono.

A casa do compadre ficava bem na curva da estradinha que ia dar na moradia do casal Zé e Aparecida, onde era o fim daquele trecho do caminho. Depois era apenas uma trilha que terminava no açude da fazenda vizinha.

À noite tudo ficava silencioso. Alguns barulhos na mata, pela passada de bichos. "Nenhuma viva alma se atreve por aqui", dizia a mulher. Por isso os latidos dos cães significavam alguma ameaça.

— Vai lá, Zé. Que homem imprestável! - xingou Aparecida.

— Pode ser cachorro-do-mato, raposa caçando galinha, sei lá. Tenho que acordar daqui a pouco. Paciência, mulher! - respondeu José, virando de lado.

— Zé, você esqueceu que a comadre Maria está sozinha com os meninos? O compadre chega só no final de semana; se movimente, homem sem coração! Pega o Vicente e vai lá agora... Olha, os cachorros ainda estão latindo. Pode ser ladrão! - disse Aparecida

Então, para a mulher deixá-lo em paz, chamou seu filho e apanhou a espingarda.

— Toma a garrucha, Vicente, e vem atrás de mim, ordenou Zé.

Ao saírem pela porta dos fundos, ouviram os latidos aumentando. No meio da escuridão, próximo à porteira, naquilo que dava para ver quando a lua cheia saía das nuvens, três vultos marcaram as vistas de Vicente: "Pai, cuidado, estou vendo na estrada vultos vindo bem devagar na nossa direção", disse o rapaz, já engatilhando a garrucha de dois canos.

— Alto lá! - gritou Zé, apontando a espingarda. — Vá para a varanda e fica de tocaia - falou para o filho.

— Será que eu atiro agora, pai? - perguntou, aflito, Vicente.

— Calma, filho. Fica preparado. Eles estão chegando...

Os três cavaleiros, montados nos cavalos, puxavam três jumentos com cargas. O grupo se aproximou da cerca.

— Já disse para os estranhos pararem, senão mando bala! -ordenou Zé, enfurecido.

— Calma, moço, parece que estamos perdidos. Estamos indo em direção ao Tejuco; acompanhamos esse francês que mexe com plantas e bichinhos - disse o homem, mais à frente do grupo.

Para mostrar que não estavam de brincadeira, Vicente deu dois tiros para o alto, agitando mais os cachorros.

— Olha, moço, aqui estranhos não são bem-vindos, especialmente a essas horas. Seria melhor os senhores pegarem a estrada novamente - falou Zé Onofre.

Dos três homens, um era negro, e ele se dirigiu ao proprietário da casa pedindo desculpas pelo avançado das horas e pelo barulho que assustou os cachorros.

— Pedimos imensas desculpas. O francês queria que andássemos à noite porque está mais fresco. Mas estamos perdidos. O senhor poderia nos indicar o caminho para o arraial do Tejuco? – perguntou o negro.

— Vocês precisam voltar. Depois da ponte, vão virar à direita na pedreira. Então é só seguir até um pequeno povoado que fica a meio dia daqui. De lá, tem placas na estrada indicando a Vila do Príncipe, quase chegando ao Tejuco. Mas aconselho os senhores a passarem a noite aqui. Na luz do dia é mais seguro viajar. Tem muito assalto nessa região.

— Obrigado, meu bom homem – disse o estrangeiro.

Zé Onofre indicou um estábulo, próximo a uma grande mangueira, dentro do seu terreno. "Lá vocês podem pernoitar. Vão embora cedo porque o caminho é longo", aconselhou.

Dentro de casa, a mulher quis saber o porquê de tanto falatório lá fora. O marido explicou rapidamente a história dos viajantes. Ela ponderou que o estrangeiro de fala engraçada poderia ser o homem que veio da França para pesquisar plantas no país. "Outro dia, lá no arraial, uma vizinha me contou que tinha um tal de Santo Hilário percorrendo os arredores. Perguntava tudo e falava mal do garimpo. Dizia que o Brasil não sabia... ah, esqueci. Ele fala mal da gente! Vai dormir no estábulo? Tomara que saia cedo e cheio de carrapato", falou a esposa.

Não tardou e o dia começou a clarear. Dona Aparecida, apesar de ter criticado a presença do estrangeiro, sugeriu ao marido levar café com pão, que acabara de assar, para os viajantes. "Leva também a broa de milho com queijo", arrematou a conversa.

O francês agradeceu a gentileza do proprietário: "Obrigado pelo alimento e pelo teto para o descanso".

Na saída do grupo, Zé Onofre perguntou:

— Os senhores sabem que está acontecendo uma rebeldia no Tejuco?

O negro respondeu positivamente. Disse que conheceu o tenente Vasques e este o convidou para entrar no movimento. Mas a sua intenção seria a de ficar no arraial para trabalhar com garimpo. "Não quero confusão! Sou forro! Sou livre!".

Quando o sol se firmou no horizonte, esquentando o orvalho das plantas, o botânico Saint Hilaire e seus dois empregados já estavam passando em frente à grande pedreira, para dar continuidade à viagem pelo Brasil. Por pouco, na noite anterior, o pesquisador quase encerrou precocemente sua passagem pela província de Minas Gerais.

Amor de um velho

Um homem de estatura mediana, idoso, de barba rala branca e cabelos em neve não deveria suscitar dúvidas quanto ao seu caráter, ou incomodar quem quer que fosse. Sua vida não despertava a atenção do pequeno arraial, próximo à Vila Rica, enquanto ia e voltava todos os dias, caminhando lenta e discretamente nas ruas, para comprar pão no armazém do seu Nicolau.

Essa rotina era interrompida quando havia festa religiosa no lugar, porque nem a chuva nem a friagem das manhãs impediam o velho de dar seu passeio.

Com o suor descendo pelas rugas do rosto, ia na barbearia para cumprimentar o amigo Constantino e, após uma pausa na pracinha onde jogava milho para os pombos, seguia para o armazém. Pelo menos um dia na semana, geralmente às quartas-feiras, o homem levava uma pequena barra de doce de leite para Sofia, filha de seu Nicolau, que trabalhava no estabelecimento.

Todos no pequeno arraial, que vivia da atividade de mineração, sabiam do costume daquele homem: levar presentes para Sofia. Ela, ainda jovem e solteira, recebia os agrados com respeito e educação. O pai não via com bons olhos a atitude do velho: afinal, poucos conheciam sua história e no lugarejo não havia destacamento militar, somente em Vila Rica, distante uma hora a cavalo. "Não se preocupe, seu Nicolau, o velho não aguenta um tranco. Se precisar a gente dá um corretivo nele", repetia o vizinho Tonho para acalmar o proprietário.

No dia que o velho comprava açúcar, dizia para a moça: "semana que vem teremos doce. Meu sobrinho me ajuda a mexer o tacho. Eu ainda consigo tirar leite das minhas vaquinhas, tenho duas...", repetia sempre estas mesmas palavras. Era um homem de poucas frases.

O principal rio da região estava sendo explorado por uma mineradora inglesa. Durante o dia era uma movimentação de gente. Garimpeiros subindo e descendo as duas ladeiras do povoado, indo e vindo da margem do rio. Acampamentos nos arredores "e pessoas esquisitas passando por aqui", falava dona Quitéria, debruçada na janela de casa. Ela era a responsável pela guarda da chave da capela, que somente era aberta aos domingos para a missa. "Isso aqui era tranquilo. A gente vivia em paz. Hoje trancamos as portas e janelas", comentou com a vizinha.

Duas semanas se passaram sem a presença do velho no arraial. Poucos notaram ou se importaram com sua ausência.

— Tereza, você viu o velho do doce de leite andando por aí? – perguntou Sofia à mulher do açougueiro.

— Menina, você não soube? Me contaram agora cedo. Ele caiu do telhado do casebre onde morava. Ficou estatelado no chão por vários dias, porque o sobrinho tinha ido para São Paulo trabalhar. Quem o achou foi um vizinho, que costumava ir lá para comprar leite.

— Que tristeza! Eu nem sabia o seu nome – comentou Sofia.

— É... a gente só o chamava de velho! – lamentou Tereza.

— E o enterro? – quis saber Sofia.

— Olha, sei não, estão comentando por aí que o sepultaram às pressas devido ao cheiro forte. Os vizinhos lá da roça é que tomaram as providências. Nem fizeram a encomendação da alma! Mas me contaram também que dona Quitéria vai pedir ao padre para celebrar uma missa em memória do pobre homem. Que morte horrível, coitado! – disse Tereza, seguindo para casa.

Enquanto isso, na barbearia, o assunto estava em discussão. Era sábado, e os homens, agitados, procuravam entender melhor o acontecido. A notícia da morte do velho abalou a comunidade. "Como um homem bom fica dias no chão, morto, correndo o risco de ser comido por um animal? Isso é desumano. Como Deus permite que essas coisas aconteçam?", indagavam alguns, inconformados com o acidente. Foi quando Constantino entrou na conversa:

— Pessoal, eu sou um dos poucos deste vilarejo que conhece de verdade esse homem; aliás, quem o conheceu bem foi o meu falecido pai. Os dois ficaram numa mesma cela na cadeia de Vila Rica. Meu pai, por ter agredido um homem; e ele, por ter praticado pequenos furtos. Ficaram alguns meses juntos.

— Mas porque ele veio parar aqui? – perguntou Tonho.

— A mãe dele, bem jovem, foi morar com o patrão, dono de uma pequena lavoura de milho lá pelos lados do povoado de Cachoeira. Logo que o menino nasceu, o pai deixou os bens para eles e foi embora para a província da Bahia. Com o tempo, o rapaz começou a praticar pequenos furtos em Vila Rica, até que foi preso. Ficou uns meses na cadeia, onde conheceu meu pai, e depois seguiu em um comboio, com trabalhadores, para a fazenda de dona Joaquina, na Vila de Pompéu. A mulher tinha muitas terras e era poderosa; dizem que conversava direto com o governador. O velho por lá ficou, até ser alforriado por causa da idade. Sua patroa lhe deu algum dinheiro, e ele voltou para a casa de sua mãe, nessas alturas, já falecida. Um parente cuidava do casebre e do terreno. Passou a morar com seu sobrinho, esse que foi para São Paulo.

— Por que ele era tão misterioso? Pouco falava. Não participava de bate-papo. Não frequentava a capela e não tinha amigos... - quis saber seu Nicolau.

Após uma pausa para um gole de água e um cafezinho, seu Constantino retomou a conversa, agora com a barbearia fechada. Os homens estavam ansiosos pela história do velho. E o melhor estava por vir.

— Amigos - continuou o barbeiro —, meu pai me falou que esse homem era um jovem quando enforcaram Tiradentes. Ele dizia que tinha 18 anos, papai achava que tinha uns 20 ou mais; era difícil saber a idade dos negros e de seus filhos, como ainda é hoje, pois poucos escravos são registrados. Sua mãe serviu à família do alferes, e ele passou, naquela idade, a servi-lo. Aprendeu a cozinhar e a cuidar dos animais. No final da tarde tirava as botas de couro do seu patrão. Tiradentes prometeu que um dia iria conceder alforria para o rapaz. Dizia o alferes: "Quando tomarmos o palácio, todos os meus empregados irão trabalhar no governo!". O rapaz levava e trazia recados para os conjurados. Marcava e confirmava encontros. Armazenava em seu casebre armas e munições, contrariando a mãe. Gostava do que fazia e acreditava que seu patrão e os amigos, mais os negros e simpatizantes da causa da liberdade, iriam vencer o cruel governador, "que roubava da população e tirava o pouco que os pobres possuíam em suas pequenas lavouras", comentava com a mãe, segundo dizia meu pai.

— Mas, seu Constantino, como ficou o rapaz com a prisão do patrão? – quis saber um ouvinte.

— Certamente frustrado e triste. Não aconteceu a resistência propagada por Tiradentes. Todos os envolvidos na trama foram presos. Segundo o meu pai, durante um ano ou mais, acho que quase dois anos, os revoltosos ficaram no Presídio das Cobras, no Rio de Janeiro; poucos receberam visitas. Tiradentes recebeu apenas alguns irmãos. O rapaz e sua mãe tentaram duas vezes visitar o patrão, "mas nem negros cativos nem alforriados podiam ver os presos da rainha dona Maria. Ordens de Portugal", explicou meu pai. Assim foi... veio a condenação e a morte do alferes. Os demais presos foram expulsos para a África. Disseram que os sacerdotes foram para Portugal... mas essa é uma outra história! Meu pai me contou tudo isso quando eu era muito jovem e pediu segredo, pois temia retaliações por parte do governo. O crime foi de traição à Coroa!

O dono da barbearia estava se sentindo importante pela atenção dos homens. Mais uma pausa para o café, agora um pouco frio, e prosseguiu:

— Um dia, o velho entrou por essa porta e disse que conheceu meu pai. Fiquei surpreso com a revelação. Falou que me viu ainda criança. Respondi que desconfiava que a história contada pelo meu pai era sobre ele. E foi confirmada. Disse que amou Tiradentes. Amou a promessa de liberdade e não se arrependeu em lhe ajudar. "Houve muita traição. Pessoas, inclusive ricos comerciantes e influentes tropeiros, negaram ter dado apoio aos conjurados, em depoimentos à justiça", revelou. Agora o velho negro, e nem sabemos qual era o seu nome, se foi, e nada disso tem importância. Todos os amigos e descendentes de Tiradentes foram perseguidos. Já se passaram anos e ainda hoje tem gente falando em tentar outra revolução. Enfrentar o poder da Coroa... vão se dar mal. Mas eles não se emendam... - seu Constantino encerrou a conversa.

— Nicolau! A janta está pronta, e você precisa fechar o armazém - gritou a mulher na porta da barbearia.

— Tô indo, mulher! Constantino, fiquei curioso. Qual o motivo desse negro se engraçar com a Sofia? Minha filha ficava meio incomodada...

— Sei lá! Isso ele não me falou. Pode ser lembrança de alguma paixão da juventude. Vai saber o que andava na cabeça desse velho... Dias antes do corpo do negro ser encontrado, tenente Vasques esteve com ele em seu casebre e isso o povoado não ficou sabendo. O oficial quis saber sobre o movimento dos conjurados e como era a rotina de Tiradentes. O velho revelou o seu nome de batismo: Joaquim Ferreira. "Fui batizado bem mais tarde, e meu patrão foi quem me levou à igreja. Eu não era nada, moço. Devo a minha vida livre ao meu patrão", disse emocionado. "Agora, oficial, sou um homem velho, simples, e mal escrevo o meu nome. Não saberei explicar os detalhes daquela época. Era outro tempo e se passaram muitos anos. Lembro-me apenas que, quando o governo começou a prender os rebeldes, todos os amigos diziam para Tiradentes fugir da província. Se embrenhar pelo sertão afora. Mas não! Ele repetia que, sendo este o seu destino, ser preso e até condenado à morte iria aceitar. Foi um sonhador!"

O oficial acendeu um charuto. Foi até a janela para se refrescar. Soprava uma brisa vinda da montanha. A paisagem revelava poucas árvores e um imenso descampado. Onde as vistas se perdiam, ficava a margem do rio com maquinário da mineração.

O velho continuou, com a voz trêmula:

— Eu nunca entendi por que Tiradentes não tentou se defender. Dizem que assumiu a culpa sozinho pelo crime de traição... Meses depois da prisão, minha mãe e eu tentamos visitá-lo. Disseram que ele não queria ver ninguém. Alguns dos seus irmãos estiveram no presídio, mas parece que alguma coisa tinha afetado sua mente. Foi muito triste aquele fim! – desabafou.

Tenente Vasques saiu do encontro sem as informações desejadas. Como o alferes agiu para organizar o conflito? O que planejou caso chegasse ao poder? Como organizaria o novo governo? Sem essas respostas, Vasques tinha apenas uma certeza: Tiradentes foi um bom homem e, talvez, o enorme desejo de lutar contra as injustiças tenha enfraquecido sua cabeça. Com estas reflexões, o oficial, cavalgando lentamente, já altas horas, voltou para Vila Rica.

Maria Dolores Jacinta Campos da Silva

— Mathias, não me conformo. Roubaram nosso único animal, e ninguém pode protestar? Cadê as autoridades? Falamos com o coronel dos Dragões, e até hoje nada?

Em meio à fumaça do fogão, Maria Dolores passava o café e, indignada, queria saber o que o marido iria fazer para recuperar o jumento Pretinho. Mathias permaneceu em silêncio. Mascava fumo de rolo e, vez ou outra, cuspia no pé da pequena mesa da cozinha. "Já não falei para você parar de cuspir no chão? Que maldição!", xingava Dolores, enquanto tomava um gole de café.

— Vou sair. Se precisar de mim estou na venda do Custódio aliviando os pensamentos... - falou o marido.

— Você vai é se embriagar de cachaça! Vou resolver as coisas do meu jeito, como não tenho homem em casa...

— Mulher... vai fazer besteira. Cuidado com seus pensamentos!

Dolores não entendia por que os militares não tomavam providência para trazer de volta o Pretinho, sendo que sabiam onde o animal estava. "Bastava ir à fazenda do seu Zé Rezende e apanhar o bicho", repetia a mulher, andando em direção à casa do desafeto.

— Quem vem lá? - perguntou o capataz Timóteo.

A calmaria foi quebrada com os latidos dos cães, e novamente o capataz gritou:

— Quem vem não é de paz, porque tem espingarda na mão!

— Aqui é Maria Dolores Jacinta Campos da Silva. E é bom o senhor se afastar senão vai levar bala!

— A senhora está louca? Por que veio aqui armada?

— Vim buscar o meu jumento - gritou, já chamando pelo nome o animal. Pretinho logo apareceu, mas foi impedido de se aproximar de Dolores.

Na birosca da vila, Mathias conversava descontraído com os companheiros de bebida.

— Essa cachaça é de cana de açúcar. Ela é muito melhor do que as feitas com milho, vendidas na venda daquele índio azarento!

— Seu Mathias! - chamou Manuel, dono da carroça de transporte.

Mathias apareceu na porta da birosca e perguntou o que Manuel queria.

— Fui levar um inglês e ferramentas na Mina do Capão e vi sua mulher andando apressada com uma espingarda na mão. Perguntei o porquê da pressa e da arma, e ela me xingou. Acho bom o senhor ir atrás.

— Manuel, ela foi em qual direção?

— Pegou a encruzilhada para a fazenda do capitão Rezende.

— Meu Deus! Será que você me leva até lá? – perguntou Mathias.

Saíram apressados depois de Mathias combinar o preço do transporte, pois a fazenda era distante da vila. Manuel aceitou para posterior pagamento de meia saca de milho.

Na fazenda, o impasse continuava. O capataz não soltava o jumento, e Dolores não abaixava a arma. O capitão Rezende se aproximou, juntamente com seus escravos, e disse:

— Sua louca! Invade as minhas terras e ainda por cima armada? Poderia ter sido morta. Saia daqui! – ordenou o fazendeiro.

— Só vou embora se meu jumento Pretinho for comigo. Eu peço desculpas, capitão – respondeu com firmeza Dolores.

— Seu Rezende, a mulher está falando que esse jumento é dela. O marido trabalha de arar a terra com ele – explicou o capataz.

— Dona, não quero problemas com a senhora. Não lhe conheço. Pegue o rumo de sua casa, e eu esqueço esta agressão – disse o capitão.

— O senhor não entendeu. Tiraram o Pretinho de noite da minha casa e o trouxeram para a sua fazenda. Tenho testemunhas. Até falei para o comandante dos militares – argumentou Dolores.

— Não conheço a senhora – repetiu o fazendeiro.

— Sou Maria Dolores Jacinta Campos da Silva. Tenho um pequeno sítio depois da ponte do riachinho, perto da Mina do Capão. Meu marido planta milho e mandioca. Olha ele chegando... – falou a mulher.

— Dolores! O que você está fazendo, mulher? Pode ser presa. Está invadindo propriedade de gente importante – falou Mathias, apavorado.

— Tudo bem – disse Rezende —, podemos resolver isso. Quero saber dos meus empregados se esta história procede. O meu filho sabe de alguma coisa?

— Pai, vem aqui, por favor – pediu Isidoro, se ajeitando na cadeira da varanda.

Na conversa reservada, o filho contou que, por brincadeira, pegou o animal no pasto daquela família e queria muito ficar com ele para passear.

O capitão Rezende chamou Mathias num canto e falou baixinho:

— Você sabe que eu posso mandar prender sua mulher por invasão de propriedade? Posso até pedir ao juiz da comarca que autorize uma avaliação mental em sua esposa. Aí o senhor sabe o que pode acontecer, né?

— Sim, capitão. Ela fez uma coisa muita errada. Não é assim que se resolve uma pendenga. O senhor sabe, né? Existe mulher desobediente.

— Gostei da humildade do senhor, viu? Vou lhe fazer uma proposta, preste atenção: eu devolvo o jumento e o senhor fica me devendo, para compensar a chateação e a invasão da minha propriedade, vinte sacas de milho, já que o senhor produz, como me informou o Tião capataz. Não farei outra oferta, entendeu?

— Pode ser dez sacas?

— Está bom, fica por quinze! E pode pegar o bicho e ir embora. O Tião vai combinar o dia de pegar os grãos. Está tudo resolvido.

O filho do capitão não ficou satisfeito. Queria fazer graça para a sua namorada dando-lhe o animal. No entanto, o pai disse que aquela conversa tinha terminado: "É bom você não arrumar mais confusão, senão te mando pra casa de seu avô em Recife".

O casal seguiu em direção à casa, na carroça do Manuel, com o jumento Pretinho amarrado na carroceria. Ao passarem no entroncamento, cuja estrada principal vai dar em Vila Rica, Mathias desceu, montou no Pretinho e disse para Dolores:

— Vou distrair um pouco na birosca do baiano. Estou muito revoltado com essa história toda. O Manuel vai te levar. Pode fazer a janta, comerei mais tarde. Cuidarei do jumento.

Maria Dolores Jacinta Campos da Silva desconfiava que o marido não andava muito satisfeito com ela. "Depois do acontecido, acho melhor eu ir embora para a casa da minha prima. Ele não vai perdoar essa minha atitude de ir à fazenda do capitão", falou baixinho.

Quando o dia ensaiava clarear, Dolores fez uma trouxinha de roupas, lavou as vasilhas da pia e comunicou ao marido a sua decisão de ir para a casa da prima Eusébia, em Vila dos Cocais, "para desanuviar as ideias".

— Ora, mulher, você vai como? A pé? — perguntou meio surpreso o marido.

— Claro que não, você tá doido. Combinei com o seu Manuel. Por acaso ele vai levar mercadorias para os lados do Caraça e permitiu a minha ida. Não se preocupe, o português é de confiança – respondeu a mulher.

— E eu vou comer o quê? – indagou, resmungando, Mathias.

— Ora, homem! Você sabe cozinhar. Não faz de preguiça. No mais, fico por lá no máximo duas semanas. Cuide bem do Pretinho! – despediu-se e foi para a encruzilhada esperar o transporte.

Dona Eusébia, mulher do coronel Azevedo Coimbra, era prima da mãe de Maria Dolores. "Família brava, esse povo Campos da Silva", repetia o coronel nas desavenças com a mulher. A família Campos da Silva possuía grandes propriedades, incluindo engenhos em Pernambuco. Entretanto, Dolores, apaixonada, saiu de casa para viver a vida dura com Mathias, "um pé rapado", diziam as mulheres da família.

Dolores chegou à fazenda de Cocais e avistou o coronel na varanda, na cadeira de balanço, fumando cachimbo, como fazia todos os finais de tarde. Daquela vista ele podia apreciar as plantações, os gados e a movimentação dos escravos. Apenas não via a senzala, pois a construção ficava atrás da casa grande. Raramente ele ia até o local, deixava a tarefa de vigiar os negros para o capataz. As regras eram rígidas. No dormitório, os cativos recém-chegados ficavam longe daqueles mais antigos. As mulheres, separadas dos homens, a não ser as casadas "no papel". Os filhos menores podiam permanecer com os pais.

Nas altas horas, a vigilância afrouxava e os negros faziam sexo. Quando as solteiras se engravidavam, geralmente eram expulsas da propriedade. Nos domingos à tarde, o batuque, as danças e o aguardente eram liberados. A vida seguia na "complacência do coronel", na visão crítica de outros fazendeiros.

— Eusébia! - gritou Azevedo. — Olha quem chegou: sua prima Dolores.

Sua mulher passava o dia no pequeno quarto de costura; sob encomenda do padre fazia roupinhas para crianças pobres da região.

— Uai! Que surpresa, mulher! Tanto tempo que não te vejo. Cadê Mathias? Mas vamos entrar para você descansar, tá cheia de poeira. Tem uma pia no terreiro pra se refrescar.

A prima explicou as confusões envolvendo o roubo do jumento e a vida difícil que ela e o marido enfrentavam na peleja da lavoura.

— Mas foi você quem escolheu...

— Eu sei, Eusébia. Não precisa repetir essa história - interrompeu Dolores.

— Tá bom, prima, vamos comer um bolo quentinho. Pretinha acabou de assar.

— Menina preta! Não acredito... como você cresceu!

Passado uma semana, Mathias chegou na fazenda para buscar a mulher. O cascalho da estrada tinha pedras soltas, e Pretinho sentia a dificuldade de escolher o melhor trecho para colocar suas patas. O homem sofria com tantos solavancos. Viagem tensa e monótona. Os pastos estavam secos. Porém, nas margens dos riachos, a vegetação se mantinha densa e verde. Mathias se lembrou de histórias em que o negro constantemente era picado por cascavéis escondidas nas pedras, à beira dos córregos. Os infelizes, atacados pelas cobras, se não morriam, eram considerados inválidos e dispensados das fazendas. "Que triste sina desses miseráveis", murmurou.

— Mathias! O que você faz aqui? – quis saber Dolores.

Dona Eusébia convidou o moço para entrar e se refrescar. "Tem um café coado agora", disse.

Mathias explicou o motivo da ida à fazenda. Acabara de se alistar no grupo do sargento-mor Rodrigues, que vai derrubar o governador. Contou para a mulher que poderia ser uma oportunidade pra eles depois da vitória. Teriam emprego honesto e não passariam por necessidades.

— E se a gente perder? Como ficaremos? Presos? Seremos mortos? – indagou Dolores.

— Olha, o sargento me disse que a chance de perder é quase nenhuma. Vão chegar reforços de São Paulo e da Bahia para o nosso lado. Tá tudo acertado, mulher! Já adiantei as coisas. O jumento, as galinhas, nossa terrinha, tudo vai ficar, temporariamente, sob os cuidados do seu Manuel. Em troca, ele vai usar o nosso pasto, que é muito bom – explicou Mathias.

— Será que isso vai dar certo? – falou Dolores, com alguma dúvida...

— Ah, te alistei como cozinheira da tropa – arrematou o homem.

— Uai, agora você me convenceu. Deve ter outras mulheres também, né? E, se precisar, você sabe que eu atiro bem! Então, aceito.

A noite começava mansamente a esconder a mata. O vento da Serra do Caraça chegava frio, indicando baixas temperaturas na madrugada. Nos vales a neblina era densa. O ar frio entrava pela janela da sala anunciando a hora da ave-maria. Todos se ajoelharam em frente ao oratório com a imagem de São Bartolomeu, trazida por Maria Perpétua de sua primeira viagem à Itália, e fizeram suas preces.

— Desejo sorte ao casal nesta nova empreitada. Deus irá iluminar o caminho dos guerreiros. Proteger o caminho da justiça e do bem – declarou o coronel, benzendo Dolores e Mathias.

— Pode deixar, coronel, vou ficar na linha de frente e derrubar tantos soldados que for possível – declarou Mathias.

Em seguida, dom Azevedo deu boa-noite, fechando a porta do seu quarto, no final do corredor.

As nuvens escuras se juntavam pelo lado direito da Serra do Caraça. O céu mostrava que iria cair muita chuva. O casal, na carroça de dois cavalos emprestada pelo coronel, com o Pretinho amarrado na carroceria, seguiu rumo à Cachoeira do Campo, para se encontrar com o sargento Rodrigues e iniciar os treinamentos de guerra. Planejavam pernoitar na própria casa que seria cedida ao português Manuel.

— Mathias... uma coisa tá me incomodando...

— Hum... diga, mulher.

— Que conversa foi aquela na casa do coronel? Você é um homem medroso, tem medo até de assombração... como vai ter coragem para ficar na linha de frente da batalha? E quem é esse tal de sargento Rodrigues?

– Ah, mulher, assim você me ofende. Mas vou contar tudo...

Mathias era um homem trabalhador e simples, mas pouco corajoso. Explicou a Dolores que, na semana que ela estava fora, foi algumas vezes na birosca, que frequenta na vila, para tomar umas cachaças. Foi lá que conheceu o sargento Rodrigues, um homem alegre, forte, e que gargalhava sempre ao ouvir anedotas de português. Entre um gole e outro, o militar contou da intenção do movimento em recrutar voluntários para lutar contra os soldados do governador. "Vamos derrubar esse crápula", repetia ao virar um copo de aguardente.

— Então, Dolores, conversamos bastante, e ele me garantiu emprego no novo governo. Me explicou como será a batalha final e que os oficiais apoiadores do movimento rebelde irão fornecer armas e treinamento para os voluntários. Ah, me disse também: "Com a revolução e a independência da província, os impostos e as nossas riquezas ficarão aqui. Não vão para Portugal!". Outra coisa, Dolores, não seria seguro pra gente ficar aqui depois daquela confusão na fazenda do capitão Rezende... Ele tem fama de vingativo.

— Tá bom, Mathias, vamos passar a noite na nossa casa e amanhã cedinho vamos para Cachoeira do Campo. Seja o que Deus quiser! Pior que a nossa pobreza não será.

Um homem desmiolado

Dois pescadores, amigos de infância, conversavam na margem do rio das Velhas, no grotão da lagoa seca, antes do rio passar pelos grandes povoados. As águas eram límpidas e havia abundância de peixes. No frescor da noite clara e lua branca os diálogos começaram:

— Compadre, o céu está lindo. Coisa de Deus! Escuta... o sabiá ainda canta...

— Não, quem canta é o rouxinol. Ele anuncia a noite. Sabia, compadre, que a cotovia canta o nascimento do dia?

— Verdade! Essa conversa me deu vontade de tomar uma cachacinha.

Horas passaram, e o silêncio obrigatório para fisgar peixes foi imposto. Mas não durou muito...

— Compadre, sexta-feira que vem a gente comemora a Paixão de Cristo. Apreciando esta lua quase cheia e este silêncio na mata, o que vem na cabeça?

— Ah, não! Vem você com esta conversa mole. Toma mais uma para acalmar seus pensamentos.

— Olha, você conhece o tal capitão Diego Américo ou pelo menos ouviu falar, né? Então, comentam que ele e uma turma de revoltados vão derrubar o governador. Implantar um governo mais justo... Uma república.

— Sei, sei. O que você está querendo dizer? Conheci o pai dele, homem honrado e fiel aos preceitos de Deus...

— Ah, é isso! Compadre, o seu Antônio Américo era doido da cabeça. Não batia bem das ideias. Ia na igreja, mas mexia com coisas do capeta.

— Bobagem! O que falam dele nunca foi comprovado...

— Você que pensa. Meu pai reforçou a história.

— Compadre, esta conversa vai dar merda... sei aonde você quer chegar...

— Escuta! Meu pai me contou que todas as Sextas-feiras da Paixão o demônio fica raivoso porque quer enfrentar novamente Cristo. Em uma delas, o seu Antônio se transformou em mula sem cabeça. Não foi lobisomem, como o povo falou.

— Virgem, homem! Tô ficando com arrepios! Olha os peixes, estão indo embora!

Os dois amigos tomaram goladas de cachaça e a noite foi ficando intensamente fria. O compadre, mais animado com o caso, prosseguiu:

— Antônio, transformado em mula, desceu o pequeno morro localizado dentro da fazenda do seu Petrônio e chegou até o pasto. Ouviu-se ao longe o relinchar do animal. Depois, ficou circulando e dando coices no quintal da casa. Seu Petrônio armou-se do bacamarte e se postou na porta da casa.

— Fico arrepiado de ouvir, mas continua...

— Petrônio disparou duas vezes em direção ao bicho e recarregou a arma. A lua saiu das trevas e iluminou a besta. O atirador pôde ver que tinha atingido uma das pernas do animal. Na quietude momentânea do tempo, ouviu-se um rosnado e em seguida um lamento: “Se o senhor continuar a atirar vai matar um homem!”.

— Mas como uma besta sem cabeça pode falar? - disse o amigo

— Mistério! Ora, eu vou saber? Nessa hora, seu Petrônio gritou: “Coisa do demônio! Esse lar é cristão! O que quer de mim?”. Nisso a mula respondeu: “Quero água para matar a minha sede. Vim testar a sua fé. Vou partir tão logo sacie a minha necessidade”. Bebeu água e defecou no quintal. Foi assim que aconteceu, compadre medroso. Tá borrando as calças!

— Não entendi, por que ele defecou no quintal do seu Petrônio?

— Diz a lenda que se a besta-fera fizer suas necessidades na terra que invade, acaba a fertilidade daquele chão.

— Maldade! Coisa ruim. Mas, amigo, acho que quero ir para casa. Meu cesto tem peixe suficiente para a semana. Mas não entendi como ficaram sabendo que a mula sem cabeça era o seu Antônio Américo...

— Lembra-se? Eu falei do tiro dado pelo Petrônio que atingiu a perna do bicho. No dia seguinte, sábado santo, chamaram o médico para avaliar o estado da ferida na perna do seu Antônio. Ainda sangrava. Mas pegou apenas de raspão. Essa estória circulou por bom tempo, segundo disse meu pai. Eu estranho é você não a conhecer.

— Amigo, tô indo embora. Pega suas coisas, e vamos.

— Acho, companheiro, que esse tal Diego também não bate bem da cabeça. Puxou o pai. Só de pensar em tirar o governador e ter apoio do povo, tá de miolo mole. E a mãe? Falam que a cabeça é fraca... mas agora é pé na estrada.

— Compadre, aperta o passo que o frio tá bravo e a lua sumiu.

Diego e sua mãe

A fazenda dos Xavier ficou vazia após a morte do seu Antônio. Dos moradores do povoado, ouviam-se comentários sobre a parte do diabo que o irmão de Tiradentes carregava. Nos finais de semana, invariavelmente, aconteciam festas com danças e muita cantoria na propriedade dos Xavier. O patrão liberava o batuque dos negros, e isso incomodava a comunidade e o padre jesuíta da igreja local.

Após a morte do patriarca, sua mulher, Maria Margarida, decidiu morar na pequena casa ao lado da capela da fazenda. Deixou o casarão porque dizia ouvir vozes na madrugada. A partir daí, o silêncio passou a reinar e era apenas interrompido pelas orações feitas três vezes ao dia.

A memória passou a trair dona Margarida, e períodos de demência ficaram mais constantes. Suas irmãs, Aurora e Celeste, mudaram para a fazenda quando a doença começou a piorar. Foram chamadas pelos vizinhos. Muitos acreditavam que a ruína do lugar era castigo de Deus pelas festas realizadas, na época do patriarca, nas Sextas-feiras da Paixão. História negada por dona Margarida. Ela, a cada dia, se definhava. Diego foi avisado sobre o estado de saúde de sua mãe. Ela não iria durar muito. Ele que não conseguiu chegar a tempo para o enterro do pai, porque estava em Lisboa, não pensou duas vezes e partiu imediatamente para a fazenda da família.

A mãe de Diego quase não conseguia se alimentar, apesar dos esforços das irmãs. Ela repetia que o encontro com o Criador estava próximo. E era urgente ver seu único filho. Passou a ficar o dia todo no seu leito. Não tinha forças para sair. O tempo para essa mulher estava acabando. A cabeça, cada vez mais fraca, e a memória ia e vinha a conta-gotas. Seu momento de felicidade era quando rezava o terço todas as noites junto com suas irmãs: "Que eu não morra antes de ver Diego".

O capitão estava na estrada. Caía uma garoa. A lama, aqui e ali, travava o caminho. Era preciso calma e experiência para conduzir o animal. Fazia tempo que Diego não passava naquele trecho, em lugares que marcaram sua infância. Lá estava o poço, formado pelo riacho que descia a serra. Viu a bica com águas límpidas e parou para descansar o animal. Tomou água fresca e sentiu novamente os prazeres de menino. Lembrou-se de Tereza, a menina que lhe prometeu um beijo nunca dado.

— Jesus, Maria, José! - gritou Damião, um velho negro da fazenda.

— Ora, se não é o Damião! Dê-me um abraço apertado meu amigo. Quantos anos se passaram e você não mudou nada!

— O senhor foi quem sumiu. Nunca mais veio visitar a dona Margarida. Coitada, tá doentinha. Uma pena, mas Deus sabe das coisas, né?

— Então eu vou indo, se não vai ficar tarde; nos encontraremos na fazenda para prosear – disse o capitão, ajustando a rédea e subindo no cavalo. A serra íngreme e a estradinha com trechos de terra úmida aguardavam o cavaleiro.

O casarão, com grandes portas e janelas de madeira de lei, extraída da própria fazenda, estava, à primeira vista, bem conservado. As recordações de menino estavam em todas as partes. Era como estivesse ouvindo sua mãe: "Vá, Diego, lavar o rosto no poço. Depois venha tomar café". Mas a água, gelada, fazia doer os ossos! Eram um sofrimento aquelas manhãs de inverno.

Passando em frente à varanda, lembrou-se do seu pai deitado na rede. "Foi uma pena ter convivido pouco com ele. Um bom homem!", pensou. Diego desceu do cavalo, e suas tias vieram lhe abraçar. Notou um silêncio perturbador.

— Por que está tudo muito calmo, tias?

— Vá se acostumando, meu rapaz, o ritmo aqui agora é outro. A produção da fazenda está parada. Quase todos foram embora. Seu pai, pouco antes de morrer, alforriou os cativos. E os negros já libertos também se foram. Contamos agora apenas com o fiel Damião, seu sobrinho e uns três ou quatro que ficam por aí – explicou Celeste.

E Aurora completou:

— Ficamos por aqui por causa da Margarida. Quando ela se for, vamos voltar para as nossas casas. Por isso é importante a sua vinda, para você decidir sobre a propriedade.

— Tá bom, tia, agora quero ver mamãe. Onde ela está?

O quarto da casa ao lado da capela era miúdo e cheirava a incenso. Estava sombrio. Cravos amarelos preenchiam os cantos. Diego pediu para as tias tirarem as flores e entreabriu a janela. Em meio a penumbra, viu a mãe com os olhos fechados. Estava pálida e bastante magra. Nunca tinha visto aquela mulher em estado tão debilitado. Não parecia a sua mãe da infância. Se entristeceu com a imagem. Tomado pela melancolia, não conseguiu segurar as lágrimas.

— Filho! É você?

— Sim, mamãe! Pensei que estivesse dormindo...

— Meu menino militar! Por que demorou tanto? Peço todos os dias nas minhas orações para Deus cuidar da sua saúde e te proteger da maldade do mundo. Preciso te dizer umas coisas do passado. Sei que você não perdoou seu pai por ele ser uma pessoa distante e não ter participado mais da sua infância. Não ter te ensinado, por exemplo, a andar a cavalo, como outros pais faziam com os filhos...

— Margarida, você precisa descansar... - sugeriu Aurora.

— Mas tenho que explicar essas coisas antes de morrer! Filho, depois que seu tio Joaquim foi enforcado no Rio de Janeiro, Antônio mudou, virou outra pessoa. Ele adorava o irmão e dava muitos conselhos pra ele. Mas nunca aceitou aquela morte! Aí aconteceu o que todos esperavam: a perseguição do governo à nossa família. Os comerciantes foram pressionados a não negociarem com o Antônio. As portas para a compra dos nossos produtos foram fechadas. Nem para outras províncias seu pai conseguia vender. Até comprar grãos para a lavoura da fazenda não era possível. Não tinha como manter o gado. Por fim, Antônio conseguiu vender os animais a preço de banana, para um comprador baiano. Diziam na região que aquilo tudo era castigo divino sobre a nossa família. Foi uma época difícil pra nós. E, aos poucos, seu pai começou a beber...

— Tá bom, mãe, agora durma um pouco. Depois a senhora me conta o resto dessa história - disse Diego.

— Seu pai foi enfraquecendo as pernas. Não se alimentava. Adoeceu. Um dia, caiu na cozinha. Parou de falar! Foi pra cama e não se levantou mais. Morreu meses depois de desgosto!

— Agora chega! - interrompeu tia Celeste. — Vamos tomar a sopa antes de esfriar.

— Espera! - disse a mãe. — Ainda preciso falar algumas coisas com o meu filho.

Naquela noite, Diego não conseguiu dormir. O remorso por ter carregado mágoa do pai fazia sua cabeça rodar. Levantou-se, acendeu a lamparina de azeite e abriu a janela. Uma lufada de vento penetrou no quarto. No terreiro, em meio à penumbra, vagalumes e grilos quebravam a quietude. A umidade da madrugada esfriou seu corpo. Chegou a sentir arrepios nos braços e pensou na mãe. O fim da história daquela fazenda estava próximo.

Amanheceu e o movimento no casarão foi aumentando. Moradores dos arredores chegando. Diego saiu do quarto, e as tias estavam de véu preto. Outro arrepio nos braços. Celeste chamou o rapaz para a cozinha, onde visitantes tomavam café.

— Margarida deu o último suspiro às cinco da manhã. Eu estava ao seu lado. Agora ela foi para os braços do Senhor. O padre já chegou, e vamos acertar o horário da missa de corpo presente e como será o rito da encomendação da alma.

O pároco recomendou não enterrar dona Margarida dentro da capela, como desejavam as irmãs. "Com o tempo úmido o cheiro fica insuportável. Além de trazer doenças. Vamos enterrá-la hoje ao anoitecer. Até lá, os negros preparam a cova. Pode ser ao lado do seu Antônio, perto da capoeira de cima", sugeriu. O filho acatou todas as recomendações.

No meio da tarde, o rito de despedida começou com a chegada de mulheres dos povoados próximos, vestidas de preto. Velas acesas distribuídas pela casa. O aroma de incenso invadia a capela e novamente os cravos eram espalhados, agora no caixão. As cantigas em latim do celebrante se misturavam aos lamentos das mulheres de preto. Os negros, na porta, suspiravam e batiam no peito. Na varanda do casarão, homens tomavam cachaça.

Ao final da longa celebração, Diego pediu licença ao padre para dizer algumas palavras:

— Senhores, obrigado pela presença. Convido Damião e alguns negros para ajudar a levar o caixão. Peço a todos para iluminar, com as velas, o caminho até a cova. Mamãe ficará ao lado de papai. Seu Antônio sempre ficou ao lado dos escravos. Essa gente sofrida e humilhada pelo poder do dinheiro...

As tias perceberam aonde aquela conversa iria chegar e pediram para Diego ser breve.

— Sim, tia Aurora, sei que estão cansados e já estou terminando. Muitos presentes sabem das histórias mentirosas inventadas para prejudicar a nossa família...

— Chega dessa conversa, Diego, isso passou há bastante tempo. Para que abrir feridas. Por favor, respeite a sua mãe nesse caixão! - disse nervosa tia Celeste.

— Sim, foi um tormento. Essa mulher, dona Margarida, aguentou firme a humilhação. Meu pai, não!

O zum-zum-zum no terreiro foi aumentando. Alguns pegaram seus animais e partiram, principalmente os homens mais velhos. Os negros, obedecendo às tias, pegaram o caixão e foram saindo da capela.

— Estou encerrando. Digo a todos que esse domínio português e os desmandos dos mais poderosos na nossa província irão acabar. Seremos uma Minas livre e independente. Seremos uma república!

Um murmurinho tomou conta da capela. Nessas alturas o caixão já estava sendo enterrado. O capitão correu para o último adeus à sua mãe.

Três dias após o sepultamento, Aurora e Celeste partiram de volta para suas casas. “Agora, filho, é com você. Resolva o que irá fazer com a fazenda. É seu único patrimônio. Ah, outra coisa! Ontem, na Igreja Nossa Senhora das Mercês e Perdões, fizemos a declaração de óbito de sua mãe.”

No oitavo dia da morte de dona Margarida, após se despedir dos pais no túmulo, Diego colocou suas roupas e alguns objetos de estimação da família numa caixa de couro e ajeitou tudo na cangalha do animal. Chamou Damião, e foram para Vila Rica. Antes, pediu ao negro para não se esquecer de levar o documento de alforria.

Na vila, seguiram para o cartório onde Diego Américo Xavier assinou o seguinte documento: *É de minha livre vontade a doação da fazenda dos Xavier, localizada em Lavras Novas, nesta província mineira, para o senhor Damião Silva, negro forro e íntegro. Passo a ele a posse total da propriedade sem nenhuma pendência de dívida e, por ser único herdeiro, perante o notário, dou fé a esse trato.*

O velho ex-escravo nunca imaginava que seria assim o seu final de vida. Saiu um pouco da sala para tomar ar fresco. Estava acompanhado de um sobrinho que lhe prometeu ajuda na fazenda. "Aquele lugar vai renascer, tio! Estou pronto para ajudar. Chamaremos meus primos..."

Damião, na porta do cartório, quis saber o porquê daquele ato. O capitão respondeu:

— Esse foi o último desejo de minha mãe... Agora cabe a você seguir ou não com a história daquela fazenda. Faremos a revolução e venho te visitar. Adeus, companheiro. Boa sorte!

Um oficial apaixonado

Um cavaleiro de boa montaria, exímio atirador e elegante no uso da espada, oficial dos Dragões de Minas, a tropa de elite da Coroa: este é o retrato do tenente Vasques Aquino, português da cidade de Évora. "Minha família possui uma das mais tradicionais vinícolas da região do Alentejo; porém, eu gosto é da carreira militar"; sempre falava de sua família, rica produtora de vinhos.

O oficial se formou na Brigada Militar de Lisboa e logo pediu para servir na América portuguesa. A oportunidade chegou quando da partida da família real de Portugal para o Brasil, em 1808, fugindo dos ataques de Bonaparte. Tenente Vasques veio na comitiva da rainha D. Maria I e seu filho D. João.

Vasques, conhecido pela rígida disciplina com seus subordinados da tropa, aos domingos ia assistir à missa matinal na Igreja de Santa Efigênia dos Pretos, também conhecida por Senhora do Rosário dos Pretos. Esse templo aceitava brancos cristãos em seus cultos matinais.

Na hora da missa, o oficial encostava na porta principal da igreja aguardando o chamado do celebrante para entrar. Antes, deixava seu cavalo aos cuidados dos meninos pretos.

Eles alimentavam o animal e o mantinham no pasto por mais de uma hora, tempo da celebração dominical.

Vasques cumpria seu ritual: ajoelhava-se, fazia uma longa oração e, após pequena pausa, se levantava e assim ficava até o momento da comunhão. Nos instantes de silêncio no templo, buscava, com o olhar, a mulher que o fazia cumprir esse ritual todos os domingos: a preta Filomena.

Após o rito final, o padre pedia pela saúde do Papa: "nosso reverendíssimo tem a pele branca, mas sua alma é negra. A Igreja Católica ama todos os irmãos!". Esse era o único momento da celebração que o padre não se pronunciava em latim.

Vasques aguardava com ansiedade o momento da saída dos fiéis, quando podia apreciar a sua paixão. Filomena percebia os olhares diferentes lançados pelo rapaz em sua direção; entretanto, sua mãe não largava a mão da menina. "Esses olhos esverdeados de Filomena me deixam tontos", dizia o oficial, meio encabulado, para a mãe, uma negra alforriada cujo marido português havia morrido há algum tempo. O falecido deixara uma boa condição de vida para a viúva. Mas a resposta ao galanteio era o silêncio.

No Brasil, na época da escravidão, negros eram os que vinham da África. Os filhos dos negros nascidos no país eram chamados de pretos. Era o caso de Filomena, a Preta. Mas o tenente não se importava com essa denominação, o importante era o amor que sentia pela menina; negra ou preta, era a sua paixão.

O oficial, num domingo intenso de sol, quando os meninos brincavam nas ruas depois da missa, tomou coragem e foi conversar com a mãe de Filomena.

— Posso oferecer um jantar para a senhora e sua filha?

— Somos pessoas simples. Temos o que meu falecido nos deixou. Vivemos muito bem, e agora estou educando minha filha. Filomena é muita nova, meu rapaz. Uma folha verde no seu bosque.

— Podemos jantar? - insistiu Vasques.

— Vou pensar e, se eu resolver pelo encontro, envio um recado. No entanto, seu moço, Filomena é a minha única companhia; portanto, não abrirei mão desta situação, você entende?

Passaram-se meses e o tenente não via mais a preta de olhos esverdeados. Até que um moleque, conhecido do militar, lhe passou um recado: "Esta noite, logo quando o sol esconder, Filomena e sua mãe estarão esperando o senhor para um jantar".

O oficial colocou sua farda de gala, arrumou seu cabelo e apanhou no jardim de casa algumas flores para ofertar à amada. Vasques alugava um quarto na rua Direita. Ao passar na sala da estalagem, a proprietária comentou alto: "Está muito elegante, rapaz!". "E que tenha sorte com a futura sogra!", disse outro hóspede. O militar saiu eufórico. Subiu a rua a pé, com o vento úmido no rosto, vindo do Morro da Queimada. Apanhou o cavalo no estábulo da praça principal e seguiu para o outro lado da vila.

Na chegada à casa de Filomena, foi aconselhado a deixar o cavalo dentro da propriedade, "pois havia caso de roubo de animal na região", alertou a mãe da menina.

As casas da província, na sua maioria, não possuíam muitos móveis. Eram caros e de difícil aquisição. Porém, para os endinheirados a situação era diferente.

O tenente foi convidado a entrar. Na sala, além de cadeiras de couro e uma mesa de jacarandá, provavelmente fabricada em São João del-Rei, ele pode apreciar um belo piano encostado próximo à janela. Vasques se lembrou da Vila de Cocais, onde esteve hospedado com seu companheiro, capitão Diego. A mãe de Filomena explicou que o marido português fazia questão de ter a casa bem mobiliada.

No jantar, pouco se falaram. Após alguns goles de vinho do porto, o oficial se animou e perguntou quem na casa tocava o instrumento. Filomena se dirigiu ao piano e tocou clássicos de compositores da Europa. Músicas que ele ouvia na sua infância em Évora. A saudade se aflorou e implacáveis lágrimas surgiram. "Entendo seus sentimentos", observou a mãe, logo guardando o vinho. "O meu marido começou a ensinar Filomena a tocar piano quando ela tinha cinco anos. Ela tem um ótimo ouvido e talento para a música", completou a mãe.

O tenente português Vasques Aquino ficou algum tempo servindo na guarda pessoal da família real. Conheceu o capitão Diego Américo em um treinamento no Rio de Janeiro. Logo pediu transferência para o quartel dos Dragões da província de Minas, para servir no pelotão do amigo.

O oficial contou essa história para a mãe de Filomena e acreditou ter ganho a confiança da mulher. Entretanto, não seria tão fácil ter a amada em seus braços. O desejo de tê-la entre os lençóis teria que ser adiado ou esquecido; a mãe iria dificultar sua aproximação da jovem filha. Não acreditava na honestidade de homens brancos, embora tenha sido casada com um português.

A viúva preservava Filomena para um rico negro alforriado de Lavras Novas. O tenente não tinha chance com aquela família, mesmo se confessasse sua paixão.

A viúva falou da dificuldade da sociedade branca em aceitar o negro como pessoa normal e igual. Vasques se surpreendeu com a facilidade daquela mulher em se expressar.

— Estudei e vivi um tempo em Portugal, na cidade de Viseu, onde a família do meu falecido tem propriedades. Mas nada foi fácil para mim e nem para ele. Os parentes me rejeitaram. Sofri muito por lá. E tudo se complicou quando eu fui barrada na porta da Igreja da Misericórdia. Negro não podia entrar!

- Sei como você se sentiu. Há muita resistência na sociedade em aceitá-los... - o oficial tentou se mostrar solidário.

— Não, tenente Vasques. O senhor não sabe. Só quem é negro pode saber como é esse sentimento de desprezo e humilhação! Meu marido ficou arrasado. Mudou os planos e retornamos ao Brasil. Ouvi sua irmã dizer: "Deixa a negrinha lá e volte", cai em lágrimas. Mas o tormento ainda não tinha acabado. No embarque do navio fomos barrados. Meu marido teve que mostrar o documento do nosso casamento. Provar que eu não era escrava. Portanto, meu senhor, infelizmente não desejo para a minha filha o que passei. Não daria certo a união de vocês. Haveria muito sofrimento, e eu vou poupá-la. Negro com negro. É melhor, é mais seguro. Recebi o senhor por educação e para lhe explicar o meu pensamento. Por favor, não nos procure mais.

— Minha senhora, eu sou um cavalheiro e respeito a sua decisão. Despeça de Filomena por mim.

Vila Rica era deserta de homens. A maior parte estava nas fazendas produtoras de leite, nos criadouros de porcos ou nas lavras, desviando cursos d'água e cortando margens à procura do ouro, já quase escasso na região.

A noite na vila era calma e vazia. O pouco movimento vinha da casa de Madalena. Homens da elite, aos sábados, frequentavam o lugar do lampião aceso na porta. Fumavam charutos e brincavam de sexo com as primas, como eram chamadas as mulheres da casa. Aos domingos, junto com a família, esses homens confessavam suas culpas aos representantes da Igreja, que os absolviam sem pestanejar.

O tenente Vasques tinha o hábito de conversar até altas horas com Madalena, sua antiga conhecida do Rio de Janeiro. Os clientes, com respeito, se cumprimentavam. Era comum ver juízes, contratadores, vereadores, oficiais da cavalaria, homens de finanças, do comércio, e até sacristãos, "que também são filhos de Deus, né?", dizia a dona do negócio. Os homens de poucas posses e negros frequentavam uma outra casa, perto da ponte sobre o rio do Carmo. Lá, o movimento era fraco. O comportamento boêmio dos homens de Vila Rica era condenado pelo bispo de Mariana: "Na nossa cidade não existem prostíbulos para infernizar a família cristã", repetia o bispo D. Gaspar nas suas celebrações.

Após sair da casa de Filomena, o tenente se dirigiu ao bordel, na rua dos Lampiões. Ficou horas contando para Madalena seu fracasso em conquistar a moça. Estava apaixonado pela preta. "Oh, querido, todos sabemos que a menina tá reservada a um negro rico de Lavras Novas. Se me contasse antes eu lhe diria. Não perderia seu tempo. Coitadinho do meu oficial...", falou a mulher, servindo uma taça de vinho francês ao rapaz.

Vasques, depois de alguns drinques, ao lado de Madalena, na empolgação que a sobriedade não permitiria, falava aos quatro ventos sobre os detalhes de como se daria o golpe contra o governador: "Com a gente no poder, este puteiro vai ganhar fôlego novo! Vamos reformar esta casa e enchê-la de mulheres elegantes, anote isto aí!", e continuava a dizer tolices até chegar ao absurdo, para a coordenação do movimento, de revelar a data aproximada do levante: "Será no dia da cobrança do dízimo português". Na sala ofuscada pela fumaça dos charutos, Madalena tentava amenizar: "Tá bêbado. Não liga para o que ele fala. Só besteira. Imagina esse maluco derrubar o governador? Quanta bobagem! Querido, tá na hora de dormir", disse a mulher, puxando o tenente para o quarto. No ambiente enfumaçado, misturados aromas de perfumes e odor alcoólico, gargalhadas foram ouvidas na saída do tenente.

Nos aposentos da proprietária do bordel, Vasques chorou como um jovem inexperiente. A mulher, com a vivência de anos de puteiro, o abraçou.

Ele contou que quando se dirigiu à pia, no fundo do corredor da casa, para lavar as mãos, viu a porta entreaberta do quarto de Filomena. "E ela estava deslumbrante. Deitada, com o torso descoberto, parecia uma deusa negra. Fiquei um tempo apreciando aquela beleza de mulher!".

— Ela não apareceu para o jantar? – perguntou Madalena.

— Sim, mas somente no final da refeição. Depois tocou um pouco de piano e voltou para o quarto.

— Pobre rapaz! Essa dor vai passar. Agora tire essa farda linda.

— Hoje vamos apenas dormir... – propôs Vasques.

— Tá bom. Vou dar um pulo lá embaixo para saber se está tudo em ordem. Não demoro. Boa noite, meu oficial!

O testamento

— Vão enterrá-lo em qual cemitério? - indagou João Brito, tirando o chapéu em respeito ao falecido.

Consolação Divina respondeu não ter certeza, pois no cemitério da igreja "os padres só aceitam fazer o enterro de gente batizada, e eu não tenho o documento exigido. Além disso, o Arlindo resolveu virar protestante".

João Brito ficou preocupado em ter que transportar o amigo para um cemitério distante. Foi até o povoado para se entender com o padre para a realização do sepultamento.

— Frei Vicente, me fala quanto o senhor cobraria pela bênção e liberação do cemitério? Porque tudo é conversado, de acordo com a sabedoria cristã.

O pároco, pela amizade com João e pela boa doação para as obras da igreja, liberou o enterro. Na bênção, disse: "Este homem, pecador confesso, seguiu caminhos obscuros para, no fim, retornar aos braços da santa Igreja Católica. E, para coroar a fé cristã, fez generosa doação para a nossa obra de caridade. Que vá em paz ao encontro do Senhor", finalizou o padre, ungindo o corpo.

De volta para a casa, tomando um cafezinho na cozinha, convidados e parentes do falecido se revezavam nos cumprimentos à viúva. Tarde chegou e todos se foram, exceto João Brito.

— Amanhã a gente retorna para falar sobre o seu futuro, Consolação. Ver como ficará tudo. Você sozinha nesta casa, dinheiro para as necessidades... - disse João.

— Olha, vamos ver isso agora! Está vendo aquele baú? Lá dentro está o testamento do Arlindo - falou a viúva.

— Mas a esta hora? - indagou João.

— E daí? Ele já se foi mesmo! João, você, que tem leitura boa, olha o que tem nesse papel - disse Consolação.

A mulher guardava mágoa do marido porque ele não lhe contou sobre o conteúdo do documento. Ela não sabia ler. Mas o amigo se recusou a abrir o testamento: "Amanhã cedo vou até o advogado para ele ler. Em seguida venho para a sua casa, tá bom?", sugeriu João, um pouco constrangido, pois já havia passado os olhos nos papéis.

O falecido tinha listado todos os seus bens, incluindo o sítio onde morava, animais e terrenos em Vila do Príncipe. Deixou algumas joias e gramas de ouro, valores suficientes para a celebração de missas visando o conforto de sua alma durante um ano. Também era comum, na região, registrar no testamento todas as dívidas feitas ao longo da vida. O escrivão anotava o que ainda teria que ser pago, após o falecimento do titular, e os herdeiros ficavam com a obrigação de honrar o compromisso assinado.

Arlindo chegou da vila e foi logo abrindo o documento e lendo para Consolação:

Estas palavras escritas são do meu inventário. Tudo conforme pedi ao português do açougue da rua Direita. Deixo aos descendentes legítimos, que são dois, trezentos mil réis para cada um. Ao filho bastardo com a negra Benta, do Tejuco, deixo 500 mil réis...

— Que absurdo! Vergonhoso. Que diabo de filho bastardo é esse? – gritou indignada Consolação.

Após uma pequena pausa entre choros, João prosseguiu:

Peço à Virgem Maria que quando minha alma partir ao encontro do Senhor, que siga na paz celestial. Para tanto, deixo para o pároco da nossa comunidade 50 mil réis para os pobres e para a celebração de missas durante um ano, para a minha salvação eterna.

Também deixo 50 mil réis para o Ignácio, meu irmão adotivo que mora na Chácara da Palha, no Tejuco. E todo o restante, casa, sítio, animais e 100 mil réis, deixo para a minha amada Consolação Divina.

A viúva ficou mais aliviada com o final do testamento:

— Graças a Deus, ele não se esqueceu de mim. Que descanse em paz!

— Você não vai passar necessidades. Terá que pagar uma dívida pela compra da carroça para dois cavalos, e só! – disse, feliz, João. — Mas tem uma coisa que o advogado me disse – alertou o amigo. — Uma parte do dinheiro que o Arlindo guardou dentro do colchão você terá que doar para o capitão Diego, dos Dragões de Vila Rica. Não sei para quê, o advogado não me explicou.

— Ah, agora me lembrei. Arlindo me disse alguma coisa sobre levar um dinheiro para o Tejuco. Hum... está aqui o papel escrito, leia – falou Consolação.

Seu João, alguns dias depois, partiu com seu afilhado para o Tejuco à procura do negro Ignácio, escravo liberto e responsável pelos cuidados da chácara da falecida Chica da Silva.

Legítima defesa

Os primeiros raios de sol refletiram na relva. As estrelas se despediram da noite. Gramíneas molhadas pelo orvalho reforçaram a friagem da manhã. Outono chegou, e as chuvas agora serão raras; bom para os garimpeiros, que terão uma margem de rio mais fácil para explorar.

No sítio de Jair Boaventura, Hortência, sua mulher, coou o café e esquentou a farofa, que ele sempre levava para a lavoura. Jair se arrumou na cadeira e falou para a mulher:

— Tive um pesadelo essa noite. Sabe, mulher, no sonho apareceu o compadre Zico dizendo que não foi o nosso filho quem atirou no coronel Maciel...

— Compadre Zico tá morto há anos. Que Deus o tenha sempre em Seus braços!

— Mulher, preste atenção, o compadre ficou falando umas coisas esquisitas...

— Mas fantasma não fala! - ironizou Hortência.

— Olha, naquilo que eu pude entender, ele disse que o nosso filho é inocente e que a gente tá sofrendo de graça. Sua prisão foi injusta...

— Você acredita no fantasma que quer...

— Não, mulher, escuta! Zico pediu pra gente contratar um advogado na vila...

— Você tá sonhando mesmo, né? A gente não tem dinheiro nem para comprar milho para as galinhas!

Jacinto, o único filho do casal, sem noção do que era divisão de classe social, se engraçou com Rosa Maria, a filha do rico minerador Henrique Maciel Sales. Homem de muitas posses e um respeitável proprietário da região, quando ficava nervoso com a situação envolvendo pretendentes para sua filha, dizia em alto tom: "Quem é esse pé rapado? O que ele quer? Talvez uma boa coça resolva a situação..."

Um dia, como certamente iria acontecer, o minerador chega mais cedo em casa e avista o moço na escada da varanda, conversando com Rosa Maria. Não titubeou; arrancou logo sua garrucha e mandou o rapaz sair de sua propriedade. Jacinto, por sua vez, acostumado a caçar porco-do-mato, pegou a espingarda amarrada ao arreio do cavalo e disparou duas vezes. O pai da moça foi ao chão, baleado no peito, e o sangue começou lentamente a molhar a camisa. "Fuja, fuja! Gritavam os negros. O mulato capataz está chegando."

— Mas não foi bem assim, doutor. Tinha testemunhas. Os escravos viram o que aconteceu naquele tiroteio e não puderam contar os fatos verdadeiros – disse Jair ao advogado.

— Seu Jair, estou lendo a ocorrência. Este documento foi que serviu de base para o senhor juiz decretar a prisão de seu filho. Não vejo nada que eu possa fazer. Sinceramente, não acredito que a polícia ouvirá negros... Talvez, se o senhor desejar, converse com o capitão Diego Américo, porque ele é muito atencioso com os pobres. Quem sabe ele indica um melhor caminho para enfrentar essa situação? – explicou o advogado.

O capitão era visto por muitos na província como uma pessoa boa e justa. Procurava sempre atender os necessitados, de poucas posses. Isso fazia o juiz da comarca ficar, às vezes, enfurecido, por ele tentar resolver pendengas na justiça.

Após ouvir pacientemente a história contada pelo seu Jair e a esposa, Hortência, Diego decidiu levar o caso para o juiz. Este, depois de chamar a atenção, como de praxe, do capitão, que estaria "sempre tomando o seu precioso tempo", chamou o sargento-mor responsável pela prisão do rapaz e determinou que novas testemunhas fossem ouvidas, "mesmo os negros em cativeiro e homens pardos que assistiram o embate criminoso. A boa notícia é que o senhor Henrique não corre o risco de morrer", disse meio aliviado o juiz. O sargento tentou argumentar que os negros, mesmo os alforriados, não eram cidadãos reconhecidos pela lei do país. Mas o magistrado encurtou a conversa dizendo: "Arrumem homens brancos, então!".

O capitão Diego tinha êxito em livrar negros do suplício. E seus companheiros de farda ficavam incomodados com a atitude do oficial. Todos sabiam que os negros cativos pertenciam a seus donos, responsáveis por alimentá-los e corrigi-los quando necessário. Isso estava na lei. Os atos que pudessem afetar a elite da província eram imediatamente comunicados ao governador. E ele não gostava de ser incomodado com assuntos de natureza cotidiana. Por isso, não era aconselhável mexer com o poder, em todos os sentidos. No entanto, o jovem Diego não costumava fugir de desafios, especialmente em relação a problemas que pudessem chegar ao governador.

Na busca por informações mais precisas, o sargento-mor encontrou um espanhol, dono de uma carroça, que estava presente no dia do crime.

— Meritíssimo, trouxe uma testemunha importante: é o Perez. Ele estava na fazenda no dia do tiroteio. Pode falar o que viu, sem medo – disse o sargento.

— Senhor juiz, estava naquele dia fazendo uma entrega de sal e apanhando um pouco de cana para trazer para a vila.

— Viu a confusão, senhor Perez? O que aconteceu? – perguntou o juiz.

— Vi. Eles discutiram. O senhor Henrique esbravejou, xingou o rapaz e sua família. Disse que não suportava gente de cor e pobre... nisso, o... como ele se chama? Ah, Jacinto! Disse que não iria levar desaforo para casa!

A porta do gabinete do juiz se abriu, e Diego Américo entrou para ouvir o depoimento.

— Continue, senhor Perez – falou o magistrado.

— A temperatura do bate-boca aumentou. O coronel, nervoso, sacou de sua cartucheira, mirou o rapaz e atirou, mas não acertou. Este, por sua vez, foi até o cavalo, que estava próximo, e pegou a espingarda. O coronel deu outro tiro. Aí o moço, que dizem ser exímio atirador, acertou com uma só bala o peito do maldito, desculpe-me, quero dizer, do senhor Henrique.

— Foi legítima defesa, magistrado. Não disse? - palpitou Diego.

— E o que aconteceu a seguir? - perguntou o juiz.

— Depois disso foi uma correria. Uns tentando ajudar o coronel, outros saindo do lugar com medo de bala perdida, e poucos aconselhando o rapaz a fugir. E foi somente isso, seu Juiz. Peguei minhas coisas e ajeitei a carroça para ir embora. O moço saiu num galope só!

— É, Diego, devo admitir que é legítima defesa mesmo. Vou liberar o senhor Jacinto e encerrar o caso. Terei problemas com o governador, que, certamente, vai pedir minha remoção. Ah, quanto ao Jacinto, aconselho ao capitão levá-lo embora. Seria de bom-tom o senhor pedir para que ele deixe a nossa região; não posso garantir que os capangas do minerador não busquem vingança.

Diego Américo até tentou convencer o rapaz a se juntar ao movimento rebelde, mas dona Hortência, na porta do juizado, clamou pelo amor de Deus: "não faça isso com a nossa pequena família!".

Naquela semana, o jovem e seus pais foram buscar novos ares em Vila de Sabará. Deixaram um pedacinho de terra e alguns cacarecos para trás. No entanto, mesmo longe, nas noites escuras, quando os cachorros da vizinhança latiam desesperados, Jair e Jacinto rezavam o pai-nosso, com a espingarda carregada. Mas, desgraçadamente, com a sorte tacanha dos infelizes, o jovem Jacinto entendeu que teria que ir atrás de seu amor: Rosa Maria.

Despreocupadamente, todos os dias, inclusive aos domingos após a missa, Gregório abria sua venda de secos e molhados. Era lá que os moradores compravam as melhores peças de toucinho. A "venda do portuga", como era chamada, tinha de tudo. O comerciante foi o primeiro a fazer uso da caderneta para anotação das vendas. Poucos deixavam de quitar suas dívidas.

Gregório não tinha inimigos. Seu estabelecimento nunca tinha sido roubado, mas, naquela manhã, foi surpreendido ao abrir a pesada porta de ferro. Deitado entre os balcões estava Jacinto; tinha retornado de Sabará. Ingenuamente pensava que poderia se encontrar com Rosa. Ledo e perigoso engano. Gregório o alertou: "Vai encontrar encrenca. O pai da moça está se recuperando na fazenda, e os capangas dele, volta e meia, passam por aqui perguntando por você. Embora tenha sido um bom moço e honesto quando trabalhou comigo, você não pode ficar. Não é seguro. Aliás, como entrou?".

— Está bem, seu Gregório, entendo a sua posição. Vou embora quando escurecer. Fico lá na cozinha e saio pela porta dos fundos, pode ser assim?

— Escuta, pode ficar lá nos fundos. Daqui a pouco vou mandar chamar o capitão.

Diego, após ouvir Gregório, chamou um grupo de soldados e mandou apanhar Jacinto com a seguinte ordem: "Vocês vão levá-lo até a saída da vila. Ele não pode voltar".

O clima ficou pesado quando os capangas do coronel, já desconfiados de que o rapaz estava escondido na venda, cercaram o beco de acesso. Os soldados tiveram que se impor, ameaçando prendê-los. O capitão Diego logo chegou para ameaçar: "Se atrapalharem o nosso serviço, o governador ficará sabendo e dará o troco ao patrão de vocês", gritou, para afastar os capangas. Por garantia, o oficial resolveu ir com o grupo.

Os militares seguiram escoltando Jacinto; atrás, por um bom tempo, os capangas falavam alguns impropérios como: "Sua fama de proteger bandidos corre mundo, capitão", ou "tome cuidado, oficial, seus dias estão contados", ou mesmo "o senhor prejudicou muita gente honesta ao defender criminosos". Diego se conteve, mesmo quando os soldados ameaçaram reagir. E recomendou: "Não vale a pena, vamos continuar com a nossa missão".

Quase na saída da vila, próximo à bifurcação que seguia, na estrada principal, para o povoado de São Bartolomeu, o jovem Jacinto resolveu contar a história do seu retorno de Sabará:

— Meu pai não quis me emprestar seu cavalo, então fiz o trecho até Vila Rica a pé. Dormi no mato e passei frio na madrugada. No caminho, resolvi desviar e ir em direção à fazenda do seu Henrique...

— Meu rapaz, sua prosa tá boa, mas se apresse, pois estamos quase no ponto onde vamos nos despedir – alertou o capitão.

— Então, cheguei próximo à cerca da fazenda e vi Rosa Maria andando no seu cavalo. Fiz um gesto, e ela veio até a mim. Teria sido melhor eu não ter ido até lá. Oh, que sofrimento vergonhoso! Que maldição! Que arrependimento! Capitão, a mulher disse que eu era um Zé qualquer. Falou: "Quer me namorar? Você não tem nem aonde cair morto!". Perguntou por que eu cismei com ela.

— Eu também quero saber... – falou um militar da escolta.

O jovem tentou explicar, em vão, aquela confusão com Rosa Maria, filha de um dos homens mais ricos do lugar. "Só pode ser paixão", disse, baixinho, Diego.

— Vá, rapaz! Procure ser feliz com alguém do seu nível social. Você sabe o que é isso? Pobre é pobre. Deixe os poderosos pra lá. Agora, não volte para Vila Rica. E pode levar o cavalo.

À noite, após o jantar, Diego Américo refletiu sobre os últimos acontecimentos na vila e resolveu que já estava na hora de ir para o Tejuco, se encontrar com o tenente Vasques, com o sargento-mor Rodrigues e todos os voluntários que estivessem no arraial, para iniciar a revolução. Afinal, o dia marcado para o levante estava próximo. O jeito era arrumar alguma missão extraordinária na região da Vila do Príncipe, pedir autorização ao seu comandante e partir com alguns soldados fiéis à causa. E assim foi feito.

Conversa de fazendeiros (o golpe se aproxima)

— Papai, preciso comprar roupa nova para o casamento da Camélia. Tá em cima da hora, pai! - disse Priscila.

— Vá falar com sua mãe! - sugeriu Zé do Café, um dos grandes produtores do grão na região de Queluz.

— Falei com ela, pai. Precisa dar o dinheiro. Vamos ao Rio de Janeiro; dizem que na rua Direita têm muitas novidades. Coisas chiques de Paris. Quero sair neste final de semana. Viagem longa, poeirenta e tediosa.

— Então vai você, sua mãe, sua irmã, o capataz Orozino e o negro Tenório.

— Ah, pai, Marcela não! Ela só tem quinze anos...

— Já tá resolvido, filha, ela vai. Não quero chororô aqui em casa.

— É, compadre... Os meninos crescem, e a gente envelhecendo - disse Custódio.

A conversa seguiu o curso do lamento de dois idosos:

— Corria pastos e terras, ordenhava, ajudava na capina e colhia café. Hoje tudo dói, e o tal do reumatismo não me dá trégua. Tenho preguiça e nem procuro mais a comadre! - disse Zé, abaixando um pouco a voz cansada.

Um dos maiores problemas que os produtores e fazendeiros enfrentavam era a falta de mão de obra.

— Os escravos - continuou Zé - estão querendo a liberdade. Os alforriados exigem dinheiro, mas nem sabem o valor certo. Está difícil manter a atividade no campo!

O compadre Custódio lamentou não ter voltado para o Nordeste quando ainda era jovem.

— Olha, Zé, volta e meia tem um zum-zum-zum sobre uma tal lei que, assinada, vai libertar todos os escravos. A gente vai perder o direito sobre eles, e isso vai virar um caos, imagina!

— Liberdade para negro? E eles vão fazer o quê? São preguiçosos, gostam é de farrear, tomar cachaça, dançar e fazer filhos - respondeu indignado o produtor de café.

— Zé, vai ficar muito difícil para todo mundo que produz...

— Precisamos imediatamente fazer um movimento contrário a essa lei. Temos que alertar o imperador, antes que vire um inferno no campo. O governador é um frouxo, tanto é que tem gente querendo derrubá-lo - disse Zé do Café.

O papo dos dois compadres varou a tarde. Foi interrompido apenas na hora do chá, com broas, biscoitos, frutas na mesa, e um pensamento do Zé:

— Esta fartura tem os dias contados. Se essa lei sobre a libertação dos escravos realmente sair, vai ser a ruína de muitos fazendeiros. E ainda tem a tal Lei do Ventre Livre, sendo prometida há algum tempo. Só Deus sabe o que irá acontecer.

— Ah, compadre, me esqueci de comentar. Estão falando numa tal revolta ou revolução, não sei bem o que é. Dizem que vai partir do arraial dos diamantes e derrubar o governador em Vila Rica. Você ficou sabendo?

— Bobagem de gente que não sabe o que diz. Volta e meia surge essa conversa – respondeu Zé.

— A revolta está marcada. O levante será no dia da cobrança do dízimo, que, cá pra nós, é um absurdo de imposto.

— Ah, então é por isso que estão falando num ataque ao Palácio da Cachoeira? – lembrou o produtor.

— De qualquer forma, compadre, eu não participo e nem apoio esse tipo de coisa. Tudo vai piorar. Os impostos são uma exigência de Portugal, e quem vai cuidar de tudo isso, se não for os lusitanos?

Zé do Café fez um comentário daquilo que ouviu na vila: "Não sei se é verdade, mas estão planejando para o dia do casamento do governador um conflito em Cachoeira do Campo. E queira Deus que não haja derramamento de sangue!".

O tempo foi passando, e a prosa dos dois fazendeiros continuou. Até que Custódio avistou, na trilha da cachoeira, um mulato vindo em direção à casa.

— Ah, deve ser o sargento Rodrigues – disse Zé. — Conheço esse moço de longas datas! Vem pra prosear.

O compadre torceu o nariz, colocou a xícara de chá sobre a mesinha da varanda e se despediu.

— Tô indo embora antes que escureça. Até breve!

Chuvas na serra (o inconfidente Rolim)

A chuva intensa na Serra do Espinhaço, com raios e vento bravo, indicava o fim do verão. Os temporais desabavam e as estradas de chão batido se transformavam em intenso lamaçal: atoleiro para carroças e animais. O consolo dos viajantes era a próxima estação, quando as chuvas iriam cessar.

Os dois amigos Diego e Vasques puxavam seus cavalos pelos cantos do barranco para evitar o atoleiro. A chuva batia forte nas encostas, fazendo descer seixos. Estes se acumulavam nas margens dos riachos, facilitando o trabalho do garimpeiro: encontrar pedras de algum valor ou, até mesmo, um pequeno diamante. A região, apesar do quase esgotamento da terra, ainda era tomada por homens à procura de riqueza. Barrancos escavados e fundos de rios remexidos podiam ser vistos à distância, resultado da exploração mineral na província de Minas.

Para os oficiais, isso precisava ter fim. Pelo menos o que era arrecadado pela exploração das pedras preciosas teria que permanecer em Minas Gerais. "Com a revolução vamos criar controles mais rígidos", pensava Diego, após um breve descanso, encilhando a cavalgadura, para se enveredar pela estrada lamacenta.

Os cavaleiros, nas proximidades da Vila do Príncipe, avistaram um aglomerado de homens fortemente armados. Todos faziam parte do grupo da revolta, já concentrado no Tejuco.

— Uai, o que vocês fazem aqui? - indagou o capitão.

— Vocês não sabem? A rainha D. Maria I morreu, e quem assumiu o poder foi seu filho D. João. Acreditamos que este é o momento de dar o golpe no governo de Minas - disparou o sargento-mor Rodrigues.

— Calma, homens - respondeu Diego.

O sargento Rodrigues prosseguiu:

— Capitão, há pouco encontramos um grupo de tropeiros, vindo da Bahia. Disseram ter encontrado no caminho soldados baianos descansando numa estalagem. A tropa aguardava ordens para encontrar com o senhor e seguir até Vila Rica. Era o apoio que esperávamos.

O tenente Vasques, até então calado, surpreendeu a todos, sugerindo cavalgar alguns metros, e que todos se ajoelhassem em frente ao oratório dedicado à Santa Bárbara, para pedir proteção contra tempestades e raios. "Temos que ter força divina para enfrentar a guerra que acontecerá em breve", justificou.

Após as orações, rumaram para o Tejuco, onde Diego convocou uma reunião de emergência com todos os voluntários, na chácara da família de Chica da Silva.

— Com a palavra o sargento-mor Rodrigues, que tem novidades para contar - disse Diego, abrindo o encontro.

— Companheiros, há quinze dias estive em São João del-Rei acompanhando um amigo tropeiro, que foi buscar queijos para levar para o Rio de Janeiro. Mantive alguns contatos por lá, e antigos fazendeiros nos aconselharam duas coisas: que a gente começasse logo o levante, porque, com a troca de poder na corte de Lisboa, a ala radical ganhou espaço e poderá influenciar D. João VI para o ataque contra nosso grupo. E a outra sugestão: conversar com o padre Rolim, que voltou do exílio e está lutando para reaver seus bens tomados pela Coroa, sobre sua experiência na conjuração.

Nesse ponto, o capitão interrompeu:

— Companheiros, para quem não sabe, o padre José da Silva e Oliveira Rolim, aos quarenta e poucos anos, participou do maior movimento de rebeldia da nossa província, conhecido como Conjuração Mineira. Depois das prisões dos inconfidentes, Rolim ficou uma temporada no presídio da Ilha das Cobras, no Rio de Janeiro, e logo foi deportado para Portugal. Retornou ao nosso país não faz muito tempo, fixando residência aqui no Tejuco.

Prossiga, por favor, sargento Rodrigues.

— Para encerrar, uma informação nova e importante: o governo adiou a cobrança dos dízimos! Aliás, péssima notícia!

— Dízimo? - indagou o negro Florestam.

— Sim. Todos os anos, os fiscais de arrecadação vão atrás de cada fazendeiro, pessoas que produzem em suas terras, e cobram dez por cento sobre o valor de tudo o que foi vendido no intervalo de um ano. Os produtores precisam anotar todas as vendas. Além do mais, os fiscais fazem a projeção da arrecadação das mercadorias que podem ser comercializadas. E essa projeção, futuramente, será conferida antes de ser calculado o imposto, que é o dízimo. O governo não aceita mercadorias como pagamento; somente dinheiro para quitar o tributo – explicou Rodrigues.

— Ah, é parecido com a taxa que temos que pagar ao atravessarmos uma ponte na divisa da província – comentou Nicodemos, um sitiante da região do Rio Jequitinhonha.

A reunião para a troca de informações mais detalhadas e a marcação da data do ataque, assim como os acertos estratégicos necessários para o combate, continuaram, mas apenas com os comandantes do movimento. Foi decidido que as mulheres com habilidades na cozinha iriam para um rancho a ser improvisado no local principal do embate, para o preparo das refeições. Outras ficariam no Tejuco, como Maria Perpétua. Diego queria preservar a companheira para o cargo de conselheira no futuro governo. Tudo estava caminhando positivamente para o levante ser bem-sucedido. A data do ataque estava acertada, porém, antes do derradeiro confronto, o grupo preparou uma surpresa para o dia do casamento do governador.

A conversa do capitão Diego e do tenente Vasques com o padre Rolim não teve o resultado esperado pela dupla. O sacerdote não queria mais saber de brigar com Portugal.

— Estou tentando reaver tudo o que tiraram de mim. A conjuração só me arruinou. Encerraram os meus negócios, como a comercialização de escravos e de pedras preciosas.

Expulsaram-me do país, e fiquei preso durante um longo tempo em Portugal. Somente prejuízos. Aconselho a vocês não mexerem com o poder do Império. A resposta é violenta! Há conversas no Rio de Janeiro de que o futuro imperador, Pedro I, não vai demorar e irá declarar o Brasil independente do reino português. É questão de tempo para isso se concretizar. Seria bom vocês aguardarem mais um pouco. Afinal, estão acontecendo tantas revoltas no país, que certamente tudo irá mudar. Revolução, pra mim, nunca mais! Olha, estou sendo vigiado. É melhor vocês se afastarem. Não quero confusão com o governador.

A porta da sacristia se abriu, e por ela o ex-padre ganhou a rua. Sua silhueta foi vista contra a luz do sol. Os oficiais compreenderam as razões daquele senhor. Viram um homem cansado, com marcas de grilhões em seus pulsos e um olhar de amargura.

Os três cabeças do movimento armado, capitão Diego, tenente Vasques e o sargento-mor Rodrigues, precisavam discutir os últimos detalhes do ataque ao Palácio em Vila Rica e decidir o que fazer com o governador após sua deposição. Mas, antes, iriam resolver quem comandaria a ação que causaria uma grande surpresa ao mandatário da província.

Diego marcou o encontro com os líderes do movimento para aquela noite em um casarão próximo à igreja do Rosário dos Pretos. Ao descer o beco que dá acesso ao mercado dos tropeiros, deparou com Pedro, filho do coronel Isaías.

— Olá, Pedro, você saiu rápido da reunião. Qual a sua avaliação? – perguntou Diego.

— Capitão, achei boa a estratégia traçada para o ataque ao Palácio. No entanto, pra mim ainda não está claro o que fazer após a prisão dos membros do governo. E quem irá ao Palácio Imperial dar a notícia da tomada do poder...

— Olha, Pedro, você é importante para o movimento. Sempre tem boas ideias. Vá à reunião das lideranças hoje, no casarão cinza, ao lado da Igreja do Rosário dos Pretos, depois da missa das vinte horas.

— Irei, sim. Diego, quero te apresentar este senhor ao meu lado, o botânico Saint Hilaire, um francês que faz pesquisas no Brasil.

— Ah, sei quem é. A sua boa educação é muito comentada por todos. Muita satisfação em conhecê-lo. Vai ficar por aqui para assistir à nossa vitória? - quis saber o empolgado oficial.

O botânico fez apenas elogios ao povo do sertão, especialmente às pessoas do Tejuco, "atenciosas e acolhedoras". Entretanto, não comentou assuntos políticos.

O filho do coronel, formado em engenharia na Espanha, quis saber do capitão o que o assaltante "coisa-ruim" estava fazendo na reunião. Diego respondeu: "Todas as pessoas que se sentem humilhadas por esse domínio estrangeiro e querem sair da situação de miséria podem se juntar ao nosso movimento popular".

Casamento do governador

Era grande a expectativa do considerado maior acontecimento social do ano em Vila Rica: o casamento do governador. A população desejava participar da cerimônia; no entanto, como de costume, a organização distribuiu convites apenas para as autoridades da Comarca e para a elite palaciana do Rio de Janeiro. Os governos das províncias de São Paulo e Bahia também foram convidados.

O anúncio público do casamento foi feito com quatro meses de antecedência, tempo suficiente para os revoltosos organizarem algum ato de protesto. O governador iria se casar com a senhorita Camélia, filha de um desembargador de São Paulo.

Outono. Manhã gelada de sexta-feira. Os convidados iam chegando pouco a pouco ao Palácio de Inverno do governador, em Cachoeira do Campo. Senhoras da sociedade do Rio de Janeiro e seus longos vestidos comprados na rua Direita. "São de Paris", comentavam. Carruagens pomposas causaram tumulto na entrada da propriedade. Homens elegantes, com suas cartolas, adentraram pela porta principal do palácio, vestidos com casacos de casimira preta. As mulheres traziam na cabeça elegantes lenços de seda e, ao pescoço, rosários com brilhantes. Elas foram recepcionadas em uma grande tenda nos jardins. Madame Lion, vinda de Paris, comentou: "Camélia e o governador formam um par perfeito; serão felizes entre sonhos e fantasias". Teve concerto de violinos e uma soprano recém-chegada de Lisboa encantou a todos com sua bela voz.

Muitos homens chegaram a cavalo, com as esposas na garupa. Atrás vinham os parentes e, por último, em fila indiana, os escravos. Estes ficariam no portão aguardando o final da festa. Várias famílias vieram da vila, mesmo não sendo convidadas. Ficavam também no portão, na expectativa de ver a noiva. Meninos subiam no muro, sendo repreendidos pelos guardas. Vendedores ambulantes faziam a alegria daqueles sem convites. O povo, aglomerado em frente à entrada principal, tinha à disposição para comprar: milho cozido, munguzá, cuscuz, quebra-quebra e rapadura em pedaços.

Os arcos do palácio foram enfeitados com guirlandas feitas pelas mulheres da região durante a madrugada. No seu interior, serviçais circulavam oferecendo champanhe e vinho francês. Sucos e licores eram servidos para as mulheres.

A cerimônia do casamento durou mais de duas horas, incomodando parte dos presentes, principalmente os idosos. Após a celebração, o banquete foi servido. No cardápio, os convidados poderiam escolher entre faisão assado, lombo de vaca, peru ou ostra. A sobremesa era a preferida do governador: compota de marmelo. Logo os convidados estariam prontos para o descanso nas redes espalhadas no grande jardim.

"Lamentavelmente os ricos do Brasil, em geral, após a comilança têm por hábito, radiantes com a barriga cheia, distribuir arrotos indesejáveis", observou um convidado estrangeiro.

As mulheres faziam pequenas rodas para conversar sobre as últimas notícias do Império. Seguindo orientação do governador, seus auxiliares convidaram algumas autoridades e poderosos da região para degustarem charutos no salão da biblioteca.

O assunto principal girou em torno do movimento rebelde. O comandante da Guarda Nacional informou ao governador que, por ordem direta do imperador, suas tropas já estavam a caminho da província de Minas. E o comandante da Cavalaria dos Dragões também confirmou que a província de São Paulo estava enviando reforços. "Vamos sufocar esses traidores até a morte. A conspiração nunca será aceita em Minas Gerais", garantiu o governador.

Ao final da festa, já quase escurecendo, os cocheiros começaram a levar as pessoas de volta para Vila Rica. Alguns convidados ilustres e autoridades iriam passar a noite no palácio.

Na manhã seguinte, logo cedo, as carruagens estavam preparadas para levar os últimos convidados para a vila. O governador e sua esposa, Camélia, partiram logo após o café da manhã. Todos se foram; por último, uma grande carruagem saiu do palácio com a escolta de oito soldados.

Em uma encruzilhada da estrada, que vai de Cachoeira do Campo a Vila Rica, um enorme tronco de madeira interrompeu a passagem. Vinte homens armados aguardavam a carruagem governamental.

— Alto! – gritou mestre Antunes, do quilombo de Boa Morte.

Não houve reação dos soldados, pegos de surpresa. Também, porque estavam em desvantagem numérica!

Na carruagem estavam todos os presentes que o governador ganhou dos convidados. Muitas joias, roupas das grifes de Paris, espadas de prata e algumas barras de ouro. "Os perfumes vocês podem levar. Os vinhos franceses, não!", determinou o tenente Vasques, que acabara de chegar. E completou:

— Soldados, muitos de vocês eu conheço. São pessoas íntegras. Estamos iniciando uma grande rebelião, o começo de uma revolução. Diga isto ao seu comandante: confiscamos os presentes do casamento, por entender que pertencem ao povo que trabalha e é escravizado. Daqui pra frente, a exploração dos senhores da Coroa e de Portugal vai terminar. É o início da luta para libertar a Capitania de Minas Gerais. Soldados, se quiserem aderir ao nosso movimento, serão bem-vindos! Ah! Mais uma coisa: a carga com armamentos escondida na carruagem será confiscada. E viva a república dos mineiros!

Feito o discurso, o oficial Vasques ordenou que a tropa fiel ao governador partisse levando a carruagem. Nenhum soldado aderiu aos rebeldes. Após o assalto, mestre Antunes e o tenente, com o apoio do sargento-mor Rodrigues, que ficara na retaguarda, seguiram para a Vila do Príncipe.

O confronto

A surpresa do assalto repercutiu de forma negativa na província; levaria algum tempo para a notícia chegar ao imperador. Até lá, o governador, furioso pela audácia dos conspiradores, teria tempo para "consertar as coisas", diria na reunião em que participaram todos os oficiais da cavalaria e alguns voluntários da vila.

A elite da província se solidarizou com o mandatário. Este, por sua vez, convocou todos os soldados de folga para partirem imediatamente, sob o comando do coronel Flores, "para trazer sob ferro todos os conspiradores". Os prisioneiros ficariam expostos ao relento, e o espetáculo seria a vingança do governador.

Prisões foram feitas em Vila Rica e arredores. Torturadores da cadeia de Mariana foram escalados para pressionar suspeitos. "A população da província não teria paz até que os assaltantes fossem presos", diziam os militares dos Dragões que seguiriam para o Tejuco. Entretanto, os Dragões tiveram que atrasar uma semana para a partida, pois um dos carros que levaria o canhão de bronze, presente da Inglaterra, estava com as rodas quebradas. "Certamente foi uma sabotagem", disse o comandante da tropa.

Enquanto isso, sob o comando do sargento-mor Rodrigues, um grupo de rebeldes se instalou próximo a São Bartolomeu, na margem esquerda do rio da Velhas, onde montaram acampamento e interromperam a estrada com grossos troncos de árvores. O local é um importante trecho da estrada que leva ao caminho dos diamantes. Outro grupo, sob o comando do tenente Vasques Aquino, ocupou parte da estrada, entre Vila Rica e Mariana. E onde estava o capitão Diego? A tensão aumentava à medida que emissários informavam que a tropa do governador estava a poucas léguas da trincheira de São Bartolomeu.

Diego Américo tentava recrutar o maior número de voluntários na Vila de Sabará. Homens desocupados, trabalhadores da mineração, escravos, gente do comércio... mas a adesão foi pequena e angustiante. Entretanto, o capitão não podia desistir, principalmente agora quando os companheiros iriam enfrentar o inimigo. Partiu com o mínimo de homens que aceitou segui-lo, em troca da promessa de generosa recompensa caso houvesse vitória. Contudo, o cenário que se desenhava na trincheira não era bom para os sonhadores.

O desejo de liberdade batia forte no coração dos combatentes. Agora era a luta, o temor do confronto. "Enfrentaremos o inimigo até a última gota do nosso sangue. Não iremos desistir dos ideais de uma república independente", gritou o sargento Rodrigues.

Aqueles homens, que entraram para o movimento com a esperança de uma vida melhor e sonharam juntos durante um tempo no Tejuco, agora tinham que enfrentar o medo.

Começaram a despertar dos seus sonhos com os tiros de canhão. As balas, zunindo no ar, penetravam na terra bem próximas daqueles corpos destemidos.

Os Dragões se concentraram próximo à entrada do pequeno povoado. Os rebeldes ficaram pouco acima da Igreja de São Bartolomeu, quase no final da rua principal. Os primeiros tiros de canhão foram para assustar o inimigo. Os homens do capitão não reagiram, decisão tomada para economizar munição. Naquela tarde não houve confrontos.

Pela manhã, a tropa de Diego Américo, com o sargento Rodrigues à frente, avançou metade da colina e disparou por horas, sem, no entanto, haver respostas dos soldados. E assim passaram aqueles primeiros dias do combate: soldados disparavam balas de canhão e, logo em seguida, os rebelados respondiam com chumbo grosso. Nenhum ferido, nenhuma baixa. Diante dessa situação, e para evitar o agravamento do conflito, o comandante dos Dragões enviou um representante para negociar a rendição dos rebeldes, já sendo considerados traidores da Coroa.

Com a negativa da rendição pelo capitão Diego, o comandante ordenou ataque total aos inimigos: com a infantaria à frente, seguida pela cavalaria e, por último, o carro do canhão, por ser pesado e lento no deslocamento.

Muitos tiros. Emboscadas pelo caminho. O cabo Júlio, da guarda do governador, foi o primeiro a ser abatido com um tiro no peito. Ordem de se entrincheirar. Noite chegou, e a calma ocupou o campo de batalha. No ar, apenas o cheiro de pólvora. Insetos buscavam alguma luz na imensa penumbra.

Do outro lado da região, no trecho entre Vila Rica e Mariana, os homens do tenente Vasques ainda não tinham entrado em combate. Mas a entrada da vila estava guardada por tropas vindas de Santa Luzia e Sabará. Uma guarnição de soldados de Vila de Caeté também foi convocada pelo governador. Seria uma luta desigual, porque o apoio prometido aos revoltosos não se concretizou. Os soldados baianos, que estavam no caminho do sertão, voltaram para casa. E a ajuda militar e civil prometida de São João del-Rei também não veio. Os comandados do capitão Diego ficaram sozinhos na luta.

Enquanto os novos conjurados falavam pelos becos e biroscas, e faziam uma convocação geral para a guerra, o governador agia nos bastidores, convencendo grupos e pressionando seus militares para a defesa da ordem, da lei e dos bons costumes da Coroa portuguesa. Acenava com a suspensão temporária da cobrança dos dízimos. Essas iniciativas e estratégias usadas pelo governo da província, somadas a outros fatores como o próprio receio da população por um futuro incerto, surpreenderam a oposição. O ardiloso governador deu uma rasteira nos revoltosos, juntamente com o Império português.

No campo da batalha o terror aumentava a cada hora de combate. Homens feridos se arrastavam na terra quente. Logo, nuvens se formaram e o negrume do céu anunciou a tormenta. Trovões abafaram os estrondos do canhão e faíscas dos raios riscavam as pedras das encostas. Por minutos, a força da natureza silenciou os homens. Por temor ao Criador, a luta foi suspensa por um breve tempo.

Os dois lados recolheram seus feridos. Baionetas no chão. Homens molhados escorregavam para o fundo barrento das trincheiras. Do lado dos soldados, a mistura de argila e água, mais o lodo pisoteado pelas botas, exalava um cheiro podre. Os rebeldes, a maioria descalça, amassavam e atolavam seus pés no barro.

Passada a tempestade, a batalha foi retomada, e tiros novamente cruzaram a linha de frente. Do lado dos soldados, tendas erguidas, com enfermeiras e médicos vindos de outras províncias, recebiam os feridos. O governo estava preparado para uma guerra prolongada. Do outro lado era nítida a improvisação. Apenas um médico e algumas pessoas práticas no trato de doentes atendiam os feridos. Os mortos estavam sendo empilhados na margem da estrada. Nas tréguas da batalha, carroças transportavam os corpos para a praça principal de Cachoeira do Campo, onde recebiam camadas de cal.

Quando uma grande carga de armas e munições chegou para os soldados, houve debandada de alguns rebeldes. O fracasso dos homens do capitão Diego estava se concretizando.

O sargento-mor teria avaliado que os soldados não conseguiriam consertar o carro que transportava o canhão. "Você me disse, e eu acreditei. E agora?", disparou Diego, encarando Rodrigues. Zero de estratégia; agora era pensar em uma saída digna. "Você é covarde, capitão? Todos nós entramos nesta luta para ir até o fim. Viver ou morrer, tanto faz para os pobres, que são a maioria aqui. Olha esses escravos, que futuro terão? Voltarão para os grilhões e, se sobreviverem, serão diariamente açoitados até a morte! E esses negros livres? Qual liberdade, se não há emprego, não tem comida? Voltarão para os quilombos e morrerão doentes. Não, capitão, não aceitamos o seu convite ou convocação, por achar o senhor um bom moço. Entramos na luta para vencer ou morrer! Fundar uma república e nascer para a liberdade. Vá, Diego, vou assumir o comando e vamos avançar. Pra frente, homens! *Liberdade ainda que tardia*", gritou o sargento.

— Capitão! Prenderam o tenente Vasques – disse aflito o mensageiro, pulando do cavalo.

— Sente-se. Tome água e me conte com calma – disse Diego.

— Disseram que ele foi preso e levado para a cadeia da vila. Não foi ferido. Capitão, olha, consegui apurar no quartel que tropas imperiais do Rio de Janeiro estão passando por Queluz. Não tarda estarão aqui. Cavalgam também à noite – disse o mensageiro.

— Sargento! O senhor não quer se entregar; respeito sua conduta e opinião, mas prenderam o tenente, nosso braço forte. Talvez fosse melhor eu me entregar e acabar com o sofrimento de todos que estão aqui lutando. Antes que morram muitos voluntários...

— Faça o que a sua consciência mandar, capitão. Já tomei a minha decisão, que revelei há pouco. Boa sorte! – despediu-se Rodrigues.

No crepúsculo, os rebeldes avançaram com o armamento que tinham. O sol se foi, e a batalha prosseguiu com toda a sua agressividade. Pouco a pouco uma imensa escuridão tomou conta do lugar. Balas zuniam. A poeira levantada pelos coturnos da infantaria invadia as narinas. Soldados mortos, muitos feridos caídos no chão. A tropa do sargento Rodrigues não dava trégua ao inimigo; as hostilidades aumentavam a cada momento. De repente os dois lados se encontraram na fronteira do insano, e homens tombados imploravam por clemência; no entanto, o que se ouviam eram gemidos e o tilintar das facas e espadas. Muito sangue escorrendo pelos corpos e se misturando à terra, produzindo um colorido sombrio, misturado ao pó, que deixava os combatentes ofegantes. "Água!", imploravam. Quando a madrugada fria gelou os ossos, exaustos, os homens se renderam ao sono.

O dia clareou, e o que se viu foram corpos espalhados sobre a estrada. O capelão do quartel, com livre acesso ao campo de batalha, contou vinte mortos. Dez de cada lado e uma dezena de feridos, somente nas últimas horas. Todos os combatentes com ferimentos graves foram encaminhados para Vila Rica. Muitos conspiradores fugiram, nadando no rio das Velhas, e outros foram presos nos arredores ou em fazendas: foi o caso do sargento Rodrigues. Alguns prisioneiros disseram ter ouvido, no calor da luta, a voz do sargento: "Fujam! Fomos derrotados, e que Deus me perdoe por abandonar os companheiros". Em seguida se embrenhou na mata. Horas depois, "o corpo do sargento-mor Rodrigues foi encontrado com um tiro na boca, dentro de um celeiro, atrás de sacas de milho", foi o que escreveu em seu relatório o coronel Flores, comandante dos Dragões.

Os corpos de Maria Dolores e Mathias foram encontrados lado a lado na cabana onde se preparavam as refeições. Em uma das mãos, a mulher carregava uma garrucha de dois canos com as balas deflagradas. Na outra, tinha um pequeno bilhete mal escrito: "cuidem do jumento pretinho". Em seu pescoço havia marca de enforcamento.

Dias depois do confronto, o governador mandou matar dois bois para a comemoração dos soldados da província. Sua frustração foi a de não ter prendido o decretado traidor Diego Américo. "Mas a caça irá continuar!", arrematou.

Liberdade e gratidão

Meses após o término da revolta, o arraial do Tejuco foi elevado à categoria de vila, prêmio dado pelo governador a pedido dos poderosos da região. Ganhou este status, porém o monopólio da Coroa portuguesa sobre as jazidas diamantíferas continuou.

O tempo foi passando na pacata província de Minas Gerais. Quase não se ouvia comentário sobre o "movimento conspiratório do Tejuco", assim chamado pelo governo. Vila Rica continuava a receber aventureiros em busca do ouro, praticamente extinto na região.

— Ora, ora, veio me visitar, Diego? - disse Maria Vitória, encostada na porta do pequeno sobrado de sua família, na rua do Burgalhau.

— É sempre bom visitar os amigos do arraial, aliás agora é vila. Parabéns! - respondeu o ex-capitão em tom irônico.

Assim, meio tímido, meio sem lugar, porque era a primeira vez que retornava ao Tejuco depois da derrota em São Bartolomeu, Diego tomou coragem e disse:

— Vitória, procuro sua irmã. Ah, desculpe-me! Como está sua família? O frei Damásio, sua mãe...

— Diego, passaram-se mais de dois anos. Muita coisa aconteceu nesse tempo que você ficou fora. Meu tio Damásio teve que deixar o povoado. Houve perseguições. O comandante do destacamento, por fazer corpo mole com o movimento, foi preso e perdeu a patente de coronel. Muita tristeza. O medo tomou conta da região. Os negros, então, nem é bom falar sobre o que sofreram...

— Sim, reconheço os nossos erros, mas ninguém foi obrigado a entrar na luta.

— Você fugiu, Diego, disseram que você foi para Goiás, tô certa? E nós ficamos aqui, enfrentando a represália do governador e a pressão dos militares sobre nossas famílias. Interrogatórios sem fim! E, no final, como um presente, você e os demais sobreviventes receberam o perdão do imperador. Que bom, ex-capitão! Sabe, durante o seu desaparecimento, o seu amigo tenente Vasques ficou preso no Rio de Janeiro. E depois teve que deixar o Brasil, porque foi deportado.

— Não sabia e entendo a sua revolta, Vitória. Imaginei outro desfecho para o movimento. E quanto aos outros companheiros?

— Ah, quer saber? O ex-comandante do nosso destacamento contou para as minhas tias o seguinte: os filhos das famílias abastadas ficaram poucos dias presos. Por determinação do imperador passaram a responder ao processo de levante em liberdade. Os homens brancos, sem posses, passaram por diversas cadeias até à concessão da anistia. Os portugueses rebeldes foram expulsos do país. Alguns militares ficaram encarcerados até o perdão. Os demais, que não conseguiram fugir, estão aleijados ou foram mortos. Esse foi o tal desfecho não desejado por você! - disse Vitória em tom irônico.

— E os negros? - quis saber Diego.

— Hum... os negros. Foram assassinados e jogados em valas, nas margens das estradas, ou atirados nos rios. Os poucos que escaparam até hoje são perseguidos! Mas um dia isso vai mudar.

— Que horror! - murmurou o ex-capitão.

— Não foi somente isso! O governo perseguiu as famílias que considerou colaboradoras do movimento. Alguns comerciantes fecharam suas portas. Pessoas denunciaram vizinhos e foram perdoadas. Amigos mudaram do arraial. Com o passar do tempo, os poderosos, cujos filhos respondiam a processos, pressionaram o governo, e o clamor chegou à Portugal; por isso o imperador concedeu anistia geral.

— E seus pais? - perguntou Diego.

— Morreram. Vendemos a fazenda de Cocais. Agora moro aqui.

O clima tenso entre Diego e Vitória aos poucos foi sendo amenizado. A tia, na janela, disse:

— Menina, entre. Essa conversa na rua já deu o que tinha que dar. Venha e convide o moço.

— Tá bom, tia, mas antes preciso falar a última coisa com Diego - respondeu, se aproximando. — Olha, não faça a minha irmã sofrer novamente. Quando terminou o confronto em Vila Rica, espalharam a notícia de sua morte e do sumiço do seu corpo, coisas para maltratar quem ama. E ela gosta muito de você.

— Cadê Perpétua? - indagou Diego.

— Sofreu bastante. Perdeu a cabeça e passou a nos dar muito trabalho. Teve um ataque de nervos, e a família então resolveu, após consultar o tio Damásio, interná-la no hospital...

— O manicômio de Queluz? - interrompeu o rapaz, agitado.

— Sim! - respondeu Vitória, entrando no sobrado. E completou:

— Vá, Diego, tire a minha irmã daquele inferno! Ah, espere! Ela tentou te entregar uma carta no dia que você partiu para a luta... Tome!

O ex-capitão, saltando sobre o cavalo, saiu a galope do Tejuco. Precisava urgente chegar em Queluz, uma viagem longa e exaustiva.

O ex-oficial do tão falado e desejado emprego na Companhia dos Dragões de Minas cavalgou por vários dias, parando para se alimentar e descansar o animal. Próximo à região de Vila Rica, desceu à margem direita do Rio das Velhas, atravessou uma pequena ponte para alcançar o outro lado e seguiu em direção à Cachoeira do Campo. Após a encruzilhada do bananal, no entroncamento para o povoado de São Bartolomeu, entrou num extenso boqueirão. O cavalo relinchou. Ficou ofegante devido a um trecho íngreme. "Calma, calma...", disse Diego, diminuindo a marcha do animal. Sentiu um arrepio nos braços e fez uma oração. "Que lugar sinistro! São as almas dos companheiros que tombaram na luta." Novo arrepio e outra oração. Dessa vez acelerou o cavalo. No alto da colina parou ao lado de um ingazeiro frondoso. Na lembrança, o zunido das balas. Homens estirados na terra. Gritos de horror. O oficial desejava o combate, o júbilo da vitória, mesmo com gosto de sangue; entretanto, agora, sentia um misto de vergonha e orgulho, sobretudo uma tristeza profunda e um desapontamento amargo consigo mesmo e com as circunstâncias que culminaram com a derrota. "Muitos daqueles homens sonharam com a liberdade, e eu os levei à morte. São ecos da minha consciência", refletiu, na solidão da estrada.

Ao chegar ao povoado de Queluz, sem demora procurou o dr. Divino, um médico amigo de sua família, e lhe pediu um atestado especial, redigido da seguinte forma: *Atesto para os devidos fins que o senhor Diego Américo Xavier é o responsável legítimo de D. Maria Perpétua, filha do senhor Azevedo Coimbra, para acompanhá-la aonde for necessário e sob a minha orientação.*

No hospital, Diego pediu ao homem que estava no portão de entrada do pátio para falar com o diretor. Ele respondeu: "O senhor precisa conversar com a enfermeira de plantão, dona Célia".

O diretor estava para chegar do almoço. O rapaz, então, pediu à enfermeira permissão para conversar com Perpétua. "Vim de longe, e a senhora sabe como é um coração apaixonado, né?", disse, para persuadir dona Célia. "Vou permitir, porém por pouco tempo", respondeu, e acrescentou: "Não estranhe se ela não te reconhecer".

Ao seguir pelo extenso corredor branco e malcheiroso, Diego sentiu um aperto no coração. Como estará Perpétua? Como irá reagir ao me ver? Caminhou confuso e atormentado.

Ao se aproximar da mulher que sempre amou, sussurrou em seu ouvido: "Vou tirar você deste lugar. Vamos embora, vamos viajar". Perpétua, um pouco confusa, começou a soluçar. A princípio não conheceu Diego, mas bastou um demorado abraço para se lembrar do primeiro encontro, em sua casa na Vila de Cocais.

— Diego? Tinha fé que um dia você voltasse, mas por que demorou? Quase esqueci o seu rosto. Olha, minha cabeça não anda muito boa... seria melhor eu ficar por aqui...

— Não! De forma alguma. Se ficar, vai enlouquecer. Eu estou me responsabilizando pela sua saída. Ficaremos juntos, meu amor, e iremos viver nossa liberdade longe daqui, em São Paulo - disse, exaltado.

— Senhor, por favor, o diretor está chamando - falou a enfermeira.

Diego, ao entrar no gabinete do dr. Manuel, procurou não demostrar nervosismo. No entanto, a conversa começou de uma maneira estranha. O diretor não era uma pessoa fácil no trato. O rapaz contou uma breve história dos dois, quando se conheceram, e a passagem pelo movimento de contestação.

— Compreendo... Mas o senhor há de entender a minha posição frente à família da moça. Afinal, foram eles que a deixaram aqui; perdão, quero dizer, fizeram a internação para o tratamento. Transtornos mentais precisam de muita atenção... e fica caro para o hospital. Não sei se o senhor sabe, mas vivemos de doações. A família de dom Azevedo Coimbra sempre foi generosa com a nossa obra. Para o senhor ter uma ideia de como é a nossa luta diária, vou lhe contar: o novo governador da província tem parente internado conosco e nunca pagou sequer dois réis para ajudar na limpeza.

—- Quanto o senhor quer para liberar Perpétua? Já lhe entreguei o atestado do dr. Divino.

— Sim, sim, conheço muito o Divino. Tomamos vinho no Rio de Janeiro. Hum... você mesmo faz o cálculo de quanto acha que este hospital merece, tá bom? Olha, para comprar uma negra cozinheira no Rio de Janeiro, é mais do que um quilo de ouro! Agora, o negro moleque é mais barato. Você resolve.

Diego, com suas economias, acertou o pagamento e colocou Perpétua no cavalo adquirido em Queluz. Saíram sem se despedir, porque desejavam estar o mais longe possível daquele inferno que ambos conheciam bem. No entanto, um pouco antes do casal sair, a enfermeira alertou o rapaz: "Ela pode ter uma recaída e se tornar agressiva. Pode não reconhecer o senhor. Nesse caso, precisa amarrá-la. Cuidado".

A viagem para São Paulo, pelo caminho velho, levaria bastante tempo, passando pela Vila de Baependi, onde Diego tinha parentes, e, léguas à frente, o desafio de atravessar o perigoso trecho da garganta do Embaú, na Serra da Mantiqueira O rapaz sabia que Perpétua não estava bem de saúde; ela se encontrava fraca e ainda confusa com o que estava acontecendo. Mas Diego precisava ser persistente e continuar seguindo até o destino: Vila de São Sebastião, na região que os índios Caiapós chamavam de Ribeirão Preto, na província de São Paulo. Lá iriam desfrutar da liberdade.

Para suportar momentos de total ausência da amada, como se ela estivesse mergulhada em águas turvas, Diego pedia aos céus compreensão e força. "Deus, como estou sofrendo, como não reconhecer que agora nada está bom, confortável nem para mim nem para ela. O que fazer? Minhas entranhas estão doloridas. Meu amor, quando você voltará para mim?", ia refletindo e se esforçava para manter a fé. Em São Paulo, ele acreditava que novos ares e trabalho na lavoura pudessem aplacar aquela dor. Por um instante, olhando para Perpétua, Diego enxergou um breve sorriso. O vento forte batendo no rosto o trouxe para a realidade. "É hora de parar, descansar", pensou, conduzindo os animais para uma estalagem.

No dia seguinte, com a sorte ao seu lado, aproveitou a parada de uma carruagem de transporte de passageiros, que estava indo para a região de Ribeirão Preto, vendeu seus dois animais e comprou as passagens. Tudo estava novamente entrando nos eixos.

Na estrada, em parte encascalhada e estreita, por vez era necessário encostar a carruagem para a passagem de outro carro ou tropeiros tocando o gado. Nas subidas, demasiadamente inclinadas, os passageiros desembargavam para fazer o trecho a pé. No balanço da carruagem, puxada por quatro vigorosos animais, Diego foi surpreendido por Perpétua:

— Meu amor, como pude esquecer de você. Agora me lembro de tudo que aconteceu comigo...

Na cabeça do rapaz, um alívio pela quebra do silêncio. E a memória do primeiro encontro em Vila dos Cocais veio à tona: "Você viajou de Vila Rica nessa tempestade somente pra me ver?", falou, sorrindo em deboche a astuta Perpétua, reparando no uniforme ensopado dos rapazes. Logo a moça caiu em gargalhada ao ver a cara de sem graça de Diego, para a vergonha de sua irmã Maria Vitória. O tenente Vasques Aquino não se importou; apesar de ser português, sabia da fama do bom humor dos brasileiros.

Após o jantar, Diego e Perpétua sentaram-se na varanda do casarão. Noite de trovões. Relâmpagos anunciavam muita chuva. Os jovens conversaram sobre o mundo. Ela, com a experiência de estudar no exterior, relatou a Diego as mudanças ocorridas na Europa. Falou sobre a Conjuração Mineira que, na sua opinião, sem dúvida, de modo consciente, aconteceu por influência da Revolução Francesa.

— Perpétua, vamos falar de outros assuntos? - sugeriu Diego.

— Não precisa esconder nenhum assunto de mim. Sei das ideias que vocês têm, meu pai me contou. Você está de miolo mole, onde se viu derrubar o governo? - disse a moça, dando a sua conhecida gargalhada...

Os pensamentos do jovem Diego foram interrompidos com a parada da carruagem para os cavalos beberem água. "Como está silenciosa a mata. Onde estão os passarinhos?", disse baixinho. Perpétua retrucou, elevando a voz: "As águas dos rios devem estar contaminadas nesta região devido à atividade de mineração". Os passageiros se espantaram, porque a moça havia aberto a boca poucas vezes desde que entrou no veículo.

— Que bom! Está falando... Graças a Deus! - manifestou o rapaz, abrindo um sorriso.

A viagem foi retomada. Diego, olhando a companheira ao lado, se lembrou por que ela despertara a sua paixão em Cocais...

— Estou largando a faculdade do Porto. Vou no final deste mês a Portugal e trancarei a matrícula. Certamente não voltarei a cursar Direito.

— Bobagem! Precisa estar preparada para o futuro, talvez ficar na Europa... - discordou Diego.

— No Brasil eu poderei fazer alguma coisa para os necessitados. Os desgraçadamente miseráveis! Os negros... as mulheres submissas... tudo isso precisa ser pensado de forma diferente. Vou apoiá-lo na sua revolução, meu amigo!

Foram as ideias libertárias e progressistas de Maria Perpétua que laçaram o coração de Diego Américo Xavier. Noite chegou, e a carruagem com os passageiros parou em uma hospedaria.

— Conheço o senhor! O famoso capitão Diego. Muitos morreram por sua causa, em troca de nada! E, no final, o jovem foi anistiado. Sua consciência não fica pesada? - interpelou um hóspede, numa mistura de ironia e provocação.

O hospedeiro interveio e pediu respeito. "Não quero discussão política no meu estabelecimento", afirmou com rispidez. O ex-militar permaneceu em silêncio.

Os passageiros iriam pernoitar para prosseguir viagem nas primeiras horas do dia. O dono da hospedaria perguntou ao Diego se seria apenas um quarto. Perpétua se adiantou e disse que sim. O casal, separado pela guerra e pelas circunstâncias do destino, enfim, poderia desfrutar do amor!

Duas lamparinas acesas, dispersando no minúsculo quarto uma fumaça escura, precariamente iluminavam o casal. O rapaz contemplou o rosto cândido e sonolento da mulher. Passeou as mãos no corpo e sentiu a delicadeza da amada. Pele macia. Naquela noite, não trocaram carícias, o cansaço não permitiu.

Pela estreita janela avistou ao longe o clarão da lua. Lembrou-se da carta de Perpétua. Começou a ler: *Amor, mesmo que o barco corajosamente abandone o seu porto seguro, eu, desafortunadamente, agarrar-me-ei ao mastro por temer a fúria do vendaval. Na noite passada, a lua cheia despejou a sua luz e transpassou a minha alma; e eu implorei a Deus todo poderoso para não te levar pra longe, fora do alcance dos meus olhos. Amanhã, certamente, o tempo de espera será outro, e estarei firme, presa ao mastro do destino. Retorne, porque o barco nos dará fuga pelos oceanos e, novamente, uma canção passarinha invadirá nossos ouvidos. Volte! Mas, se muito tempo passar e se a estrela-guia me convidar para brincar, aceitarei.*

— Boa noite, amor - Diego sussurrando, completou - Maria Perpétua, você é a realização total da minha liberdade.

— Gratidão! - respondeu a moça.

— O quê? Pensei que estivesse dormindo...

— Obrigada por tudo que fez por mim, amor!

Perpétua fechou os olhos e voltou a dormir.

Na madrugada do dia 15 de novembro de 1889, D. Pedro II, sua família e amigos da Corte embarcaram no navio da marinha brasileira em direção à Europa. Se o imperador ficasse, seria preso pelos militares. Depois de inúmeras revoltas desde o Brasil Colônia, finalmente caiu o poder do Império brasileiro. O marechal Deodoro da Fonseca liderou o movimento que derrubou a monarquia. Foi proclamada a República Federativa do Brasil.

Agradecimentos

Ao companheiro das letras Chico Mendonça, pelos seus alertas e dicas sobre meus personagens, e como melhorar o ritmo da história. Ao amigo e compositor Celso Adolfo, que me ofereceu vasto material, por meio do seu rico trabalho "Estrada Real de Villa Rica", disco que já entrou para a história. E para Vitória Bahia, sempre atenta aos enredos das narrativas.

Obrigado ao pessoal da Editora Quixote+Do por mais esta parceria, especialmente ao Alencar, Cláudia e Luciana. Agradeço aos incansáveis historiadores que mencionam a importância de Minas Gerais. Suas obras me permitiram escrever este romance.

Para Ana C. Bahia, o meu agradecimento especial pela amizade e pelo belo projeto gráfico, produzido com dedicação e profissionalismo.

CRÉDITO DA IMAGEM DA CAPA

"Villa Rica", de Rugendas

FONTE

Biblioteca digital Luso-Brasileira de Portugal

CRÉDITOS DAS IMAGENS DO MIOLO

Aquarelas do livro "Viagem Pitoresca e Histórica ao Brasil", de Jean Baptiste Debret (1768 – 1848). Debret residiu no Brasil de 1816 a 1831. O livro foi publicado em Paris entre 1834 e 1839, pela editora Firmin Didot Frères.

LEGENDAS DAS AQUARELAS, DE ACORDO COM O ARTISTA

Págs. 1-2	Mulheres lavadeiras na cidade do Rio de Janeiro
Pág. 6	Punição com chicote em praça pública
Pág. 8	Negras indo à igreja, com trajes completos da ordem religiosa
Pág. 10	Barbearia
Pág. 12	Traje militar
Pág. 20-21	Embarque de tropas na Praia Grande, Rio de Janeiro, na presença de D. João VI (em pé sobre um tapete)
Pág 22	Funcionário público saindo para passear com a família, seguido pelas filhas e esposa
Pág. 122	Vendedor de palmito
Págs. 153-154	Partida da rainha Dona Maria com destino à corte de Lisboa
Pág 156-157	Trajes característicos dos habitantes de Minas Gerais*
Pág. 158-159	Jantar de uma família rica
Pág. 160	Retorno à vila de um proprietário de chácara
Pág. 162	Boutique do padeiro

* Essa aquarela não foi incluída no livro "Viagem Pitoresca e Histórica ao Brasil".

FONTE

Biblioteca Pública de Nova York – Coleções digitais – Domínio público.

Dados Internacionais de Catalogação na Publicação (CIP)

Luiz, Adalberto

Desejo de liberdade / Adalberto Luiz. -- 1. ed. --
Belo Horizonte, MG : Quixote Do, 2020.

ISBN 978-65-86942-11-8

1. Ficção brasileira I. Título.

20-48254 CDD-B869.3

REVISÃO Valter Braga
SUPERVISÃO Alencar Fráguas Perdigão
COORDENAÇÃO EDITORIAL Luciana Tanure
ASSISTÊNCIA EDITORIAL Sofia Rossi, Jasmim Paixão
PROJETO GRÁFICO E DIAGRAMAÇÃO Ana C. Bahia
COMUNICAÇÃO E MARKETING: Cláudia Brandão
COMERCIAL Cláudia Masini
TECNOLOGIA DE INFORMAÇÃO Alessandro Guerra

Esse livro foi realizado com o apoio da SECULT - Secretaria de Estado da Cultura e Turismo de Minas Gerais e recursos da Lei Aldir Blanc.

QUIXOTE-DO EDITORAS ASSOCIADAS
WWW.QUIXOTE-DO.COM.BR • (31)3141-1256

MISTO
Papel proveniente de fontes responsáveis
FSC® C092828

PRINTED WITH SOY INK®

1ª edição

Esta obra foi composta em Freight Serif e Freight Sans sobre papel Pólen Bold 90 g/m². Impresso em março de 2021 para a Quixote + Do.

#quixoteDO #desejodeliberdade #tudocomeçanalivraria